GUAPORÉ

GUAPORÉ
Eurico cabral

1ª edição

EDITORA RECORD
RIO DE JANEIRO • SÃO PAULO
2023

CIP-BRASIL. CATALOGAÇÃO NA PUBLICAÇÃO
SINDICATO NACIONAL DOS EDITORES DE LIVROS, RJ

C118g   Cabral, Eurico
        Guaporé / Eurico Cabral. - 1. ed. - Rio de Janeiro : Record, 2023.

        ISBN 978-65-5587-655-0

        1. Romance brasileiro. I. Título.

                      CDD: 869.3
22-81508   CDU: 82-31(81)

Meri Gleice Rodrigues de Souza - Bibliotecária - CRB-7/6439

Copyright © Eurico Cabral, 2023

Todos os direitos reservados. Proibida a reprodução, armazenamento ou transmissão de partes deste livro, através de quaisquer meios, sem prévia autorização por escrito.

Texto revisado segundo o Acordo Ortográfico da Língua Portuguesa de 1990.

Direitos exclusivos desta edição reservados pela
EDITORA RECORD LTDA.
Rua Argentina, 171 – Rio de Janeiro, RJ – 20921-380 – Tel.: (21) 2585-2000.

Impresso no Brasil

ISBN 978-65-5587-655-0

Seja um leitor preferencial Record.
Cadastre-se no site www.record.com.br
e receba informações sobre nossos
lançamentos e nossas promoções.

Atendimento e venda direta ao leitor:
sac@record.com.br

Adiós, até logo, eu invejo a sorte desta água rápida que corre para baixo e que sempre vai aproximando mais as terras que Francisco Álvares habita. Agora da torrente não, vós não correis mais depressa que meus pensamentos, vossa força acaba no Paraná, e as minhas saudades sobem o Paraná e o Tietê para alcançar as províncias do Rio de Janeiro e de São Paulo, e alcançarão o fim do mundo.

Carta de Aimé-Adrien Taunay ao amigo Francisco Álvares Machado, citada em *Viajando nos bastidores: Documentos de Viagem da Expedição Langsdorff*, de Maria de Fátima Costa e Pablo Diener.

PARTE I

PARTE I

1

Esquisito. Mais mamado que de costume, percebeu logo que ele entrou no quarto, tirou a roupa e se deitou com toda aquela barriga. Ofegava, pelos entrando e saindo das narinas a cada respiração, ela por cima como sempre, ele em movimentos frenéticos, não conseguia chegar ao fim; roncos estranhos, golfada quente e viscosa lambuzou os peitos dela. Tremeliques, estrebuchos... aquietou, baba vermelha escorrendo da boca. Desceu daquele corpanzil suado, enrolou-se no lençol, saiu para o corredor, branca como mandioca descascada, voz falhada, pediu ajuda:

— Acudam!

O grito rouco ecoou pelo salão, interrompendo a libidinagem dos poucos casais na tarde quente de sábado. Olhares curiosos se voltaram para o corredor do primeiro andar que dava acesso aos quartos: cabelos desgrenhados, olhos desorbitados, enrolada em lençol:

— Chamem dona Raimunda — gritou baixo.

Sobressalto no salão. Madame, mechas descoradas no cabelo alisado, vestido longo, decote anunciando seios peitudos em sutiã insuficiente, ar de enfado, a testa franzida de quem espera o pior, subiu a escada com dificuldade, equilibrando aquela bunda em saltos improváveis. Experiente, Raimunda Bela tomou pé na situação, gritou.

— Firmino!

Mulato, magro e espigado, chapéu de boiadeiro, cara de jaguarundi, entrou por uma porta de mola no fundo do salão, subiu.

— É preciso tirá-lo daqui. Agora. Pelos fundos. Achem o Tadeu. Que venha com o caminhão, pra beira do rio. Morreu pescando! E que ninguém abra o bico. Não quero encrenca com o novo delegado — cochichou pro segurança.

Homem de peso e tanto, no corpo como na fama, houve tempos em que mandachuvava em toda vila, o tal de Vermute. Demitido da fazenda Tabocal, onde reinou por vários anos, mudou pra Vila Bela, mas nunca se acostumou na cidade, sem ninguém em quem mandar. Depois da morte do filho, Juvêncio, esfaqueado num acampamento de garimpeiros no rio Pacaás Novos, foi desacorçoando da vida. Além da perda do filho e do poder de mando, as pernas começaram a inchar e onde mijava juntava um exército de formiguinhas, dizem. De tanta tristura caiu na cachaça, um desregramento, quase toda noite na zona. Continuava dando ordens a quem encontrasse, "sujeito complicado, mas bom cliente", dizia dona Raimunda Bela. Tinha cisma com uma tal de Clarinha (também atendia por Leidi), mocinha acanhada e desenxabida há pouco tempo na casa. O ex-capataz pagava o justo sem reclamar, mas tinha que ser com ela ou aprontava escarcéu. Ela se esquivava, alegava nojo, mas tia Raimunda obrigava: tudo o que o cliente pedisse, e, pior, com sorriso de achar bom.

— Cama e comida, fora um salário por mês. Tá pensando o quê? E ir pronde? Ainda mais neste estado!

A menina se recolhia ao seu casulo, olhar ausente, pensamento esvoaçando proutros tempos, lugares...

Negociada com a cafetina pelo filho do homem que se finara em pleno ato, estava há pouco tempo na vida. Há quem se lembre de quando chegou, muda, tremendo como juriti hipnotizada por jiboia; logo virara atração da casa, mais pela inexperiência que pelos atributos, talvez, ou seria pelo que já se vislumbrava, seu estado? Homem é bicho estranho, curioso. Pancho, o único que a tratava com respeito, Francisco Gonzales, bigode ruço, costeletas branquejando, delicado e carinhoso, conversa de paz, uma cerveja, um troco extra, sempre. Chegou a convidá-la a ir pra Bolívia; finca em vale da cordilheira, outra vida; em mais um mês terminaria contrato no Brasil...

— *Venga conmigo.*

Sorriu. Apontou pra barriga.

— *No hago cuenta, Leidiluz, también tengo un chico, Panchito, vive con mi mamá... Vamos!*

PARTE II

1

Tião arrepiou com o relar de uma asa de mariposa na orelha. Chuvava um pouco ainda. Rabicho de chuva fina trauteava lá fora sua melodia simples. Sentiu-se embalado e em paz.

Pernas dormentes do frio da madrugada; puxou a coberta e ficou matutando o que fazer quando o dia raiasse — olhos fechados pensava melhor. Prestou atenção no ressonar suave da filha e no cri-cri do grilo embaixo da cama; gostava daquele grilo.

Barulho de galinhas assustadas, Pacu latiu, "saruê de novo rondando o poleiro", resmungou; voltou ao torpor de sono-vigília.

Carã-cancan-carã-cancan, cacarejava estridente um casal de aracuãs em dueto. Uma ponta de fome bateu na barriga de ontem; dia se espreguiçando na manhã nascente. Cabeça fora da janela, casa ainda às escuras, a barra do dia apenasmente aquarelava em tons laranja o outro lado do rio. A paisagem tão bem conhecida se alumiava aos poucos, as coisas tomando forma e cor, cada uma voltando ao seu lugar de costume, a existir novamente com os primeiros raios que vazavam por cima da chapada e expulsavam as sombras da noite cansada. Um cheiro de peixe chegou com a brisa do rio anunciando tempos de piracema. As aracuãs aos poucos espaçaram os grasnidos e se aquietaram planejando a faina do dia, procurar comida, fugir dos gaviões. Assomou na soleira, os cachorros pularam ao seu redor fazendo festa, lambendo seus pés descalços.

Lavou o rosto na bacia cheia da chuva da noite, bochechou o gosto amargo do sarro do pito, enxugou-se na camisa velha, uma caneca d'água pro café; assoprou as cinzas avivando as brasas do borralho, ajeitou uns gravetos, língua de fogo lambeu as palhas secas de milho; colocou mais lenha. Sobre a chapa quente duas bananas-da-terra; Luz comia de manhã, quando tinha; água chiou na caneca, duas colheres de pó, adoçou com rapadura, passou no coador de pano mexendo com a colher de pau.

— Bom dia, pai. Acordei com esse cheirinho bom. — Voz de primavera, esfregava os olhos com os nós dos dedos, cabelos alvoroçados, o sorriso suspiroso de todos os dias. — Quer angu de milho?

— Bom dia, Luz!

Olhou pro rio, ainda bocejante; seu bafo mais quente que o ar da manhã se condensava em quase neblina. Piracema. Época de fartura, todo tipo de peixe.

Café na lata de massa de tomate que servia de xícara, aconchegou com as mãos pra espantar a friagem. Cigarrinho de palha, acocorou na soleira e ficou olhando pro rio a organizar os afazeres do dia, uma preguiça de noite maldormida. Dia com cara de domingo, mas não tinha certeza. Primeiro cuidar dos bezerros, tirar um pouco de leite pra Luz pôr no angu. Preguiça de arrear o cavalo e percorrer a cerca. Talvez fosse domingo.

— Que seja, aqui não tem importância — falou baixinho pra ninguém.

Pensou em carpir o macaxeiral, a macega invadindo, mas baixou uma molície; afagou as orelhas do Pacu, que pressentindo tristezas não saía de perto, deitado, cabeça apoiada nas patas feito estátua de leão, olhos em busca dos olhos de Tião piscavam e se desviavam, simulando desinteresse quando faziam contato, para logo depois voltarem a procurá-los.

— É domingo?

— Acho que é. Quando for na sede, veja se consegue uma folhinha pra gente marcar os dias, a nossa já tem mais de ano.

— Difícil, inda não é época.

Um tempo, num nada, andando pra lá e pra cá como um jaburu, sem quê nem pra quê, aguardando não sabia o quê, partilhando indecisões e silêncios, Pacu e Luz, Tião.

— Deve de ser domingo, Luz. Pegue espigas de milho pra ceva, pego covo e tarrafa. Vamos.

Tralha na canoa, desceram até a entrada da baía mirim na margem esquerda. Há tempos não entravam ali de canoa. Abriram passagem a facão por entre taboas e camalotes. Luz remava sem bulha. Orgulhava-se do jeito que a filha remava. Podia ficar um bom tempo remando em pé, equilibrada, mesmo que um maguari num pé só hipnotizando um cascudo, enquanto ele tarrafeava, malha fina, uns lambaris e tuviras mantidos vivos em meia cabaça com água. Amarraram a canoa na raiz duma gameleira e ficaram pescando na sombra. Pegaram uns tucunarés, soltaram os menores e voltaram com três de bom tamanho, jantar garantido.

Tarde morna, viração nenhuma. Noite tardava em acanhamento de chegar. Olhou pra cima, gavião finório fingia voar como andorinha pra surpreender sabiás incautos. Luz seguia os olhos dele.

— A vida é assim, uns enganando os outros — resmungou Tião. — Limpa os peixes? Vou apartar os bezerros.

As sombras da noite foram chegando sorrateiramente e invadiram o retiro. Por fim a lua surgiu inchada, como laranja baiana, sobranceira aos buritis na outra banda do rio. Mais tarde, envergonhada de tanta exibição, talvez, se escondeu por detrás de nimbo espesso que não sabia se desaguava ali mesmo ou mais adiante. Para além, no fundo do céu, relampejava; rimbombos chegavam atrasados, de tão longe. Aos poucos a lua voltou a surgir, menor e prateada, animando a saparia que saía das suas cururuquaras coaxando monótona cantoria. Hora de tomar uma e se acocorar na beira do fogão onde Luz se atarefava com os tucunas.

O domingo, ou o que fosse, havia passado em raro descanso e partilhar de presenças. No fumeiro ainda toucinho polvilhado com sal e pimenta seca, umas alças de linguiça do último bacorinho; tirou uma lasca bem fininha com o canivete afiado e sentou-se sob o círculo de luz do lampião. Seu rosto se iluminava pela brasa do cigarro a cada tragada. Distraído, olhava Luz preparar o de comer e roía o toucinho esfumaçado, o sal dando vontade de beber mais um trago. A cada pouco ela tirava os olhos do fogão e aquele olhar de doce de leite encontrava o olhar magro dele. Encabulavam. Olhares desviantes, como os do Pacu.

2

A noite que sucedeu à visita de Virgínio foi de angústia medonha. Enxame de marimbondos zunindo em sua cabeça, noite de não se acabar, cabulosa. Gemidos da mãe-da-lua varavam a escuridão compassadamente, previsíveis como o tique-taque exasperante do relógio que nunca teve. Noite cansada, língua de fora. Fosse filha de Joca Tamanduá, o cujo, disgranhento, fidaputa, filho da puta!, não se atreveria.

Por fim ouvia sinais denunciadores de que a escuridão se esgarçava — saracura-do-mato, "amanhã-eu-vou, amanhã-eu-vou, amanhã...", saudava o dia que espiava cauteloso por cima da chapada. Tião hesitava abrir os olhos, receoso de voltar ao mundo do matogrosso. Pensou na filha. Abriu. Lá fora clarejava. Fechou. Nada adiantava. Abriu. Sentou na cama. Fechou. Pensava melhor com os olhos fechados, organizar o dia, tomar providências... Voltou a pensar na filha, reabriu os olhos, decisão tomada. Noite terrível. Decisão terrível:

— Mato! — pra dentro pra Luz não ouvir.

Tião foi sempre assim, deitava com os problemas, lutava com os pesadelos, amanhecia com as soluções. Acordava e fazia. Ou não! Estremunhou, abriu a janela, o vento fresco ajudou a clarear as ideias. Uma lâmina de sol já ultrapassava o araxá dos Guimarães e dissolvia o resto de escuridão. Café duma golada; queimou a língua.

Indeciso como galinha em encruzilhada. Reacendeu o cigarro, pegou a foice, entrou na horta. Por trás da paliçada de taquaras, apoiado no cabo da foice, cocava na tocaia. Olhos de radar em tempos de batalha perscrutavam todos os graus tentando antever o que não devia de, pensamento na espera do impensável, tenso que só arame de cerca tinindo no esticador; ouvidos antenados a discriminar sons suspeitos; voo de pássaro assustado denunciando invasão de território; ouvia até barulho de minhocas cavando galerias sob o macaxeiral, ruídos do charco gerando girinos, as gotas condensadas na madrugada a escorrer pelas folhas de taioba pingando pingados pingos tic-tic-tic. Todos seus sentidos no afã de decifração. Acocorou. Ouvia com os olhos, via com os ouvidos e farejava, narinas boquiabertas peneirando o ar em antecipação de cheiros estrangeiros. Tudo esquadrinhava. O tempo se arrastatava, lesma subindo parede seca. A espera desesperava. Vinha? Vinha hoje, disse Virgínio ontem. Será que amanhã? Matraquear de maritacas ao vento. Não! Conhecia o cujo, se falou que vinha é porque vinha. Vinha! Nada mais angustiento que tempos de esperação. Mexeu um pé, espantou carapanã.

Um tiê pousou na bananeira a se certificar de que as bananas continuavam verdes, ainda. Das vez que não vinha! Reacendeu o toco do cigarro, baforou fundo, tão fundo que não soltou fumaça pela boca. Calmou. O mundo parado num quadro de Rugendas. Milibéis já não se ouviam. Desacocorou com dificuldade, apoiando-se na cerca, joelho esquerdo doía. Uma cigarra ensaiou seu estrídulo, desanimou; voltou o vazio, silêncio pressago; respiração entrecortou em desconforto, um desajeito...; reacendeu a guimba babada que teimava em apagar; algo se prenunciava...

— Qué isso? — ouvia?, que vinha... inhambu-chororó em voo baixo piou assustado por... — Sim. Vindo. Passos pesados, montaria montada, só podia...

Pacu latiu, devia de ter chegado ao descampado do terreiro, o cujo; seu nariz antecipava o perfume doce do desodorante. O cujo? Queria sair, mas ficava. Ele... quem mais viria ali fora de quadra? Ooooh! Patac-patac silenciou. Schruuuh, animal assoprou, tilintar de esporas riscando o chão... saía da tocaia? ficava? o quê? Vento trazia conversas que não entendia, voz de mar grosso, juriti respondia. Canguçu serpenteando o rabo, maginava... Ia! Não ia! Ia? Conversação não entendia, mar grosso e passarinha, palavras soltas, choro?. Lima na foice comia a ferrugem, pra lá e pra cá, polegar testando o gume... Prontidão na espreita de ânsias contidas, coração batia surdo na caverna do peito, pica-pau esfuracando tronco podre, tum-tum-tum... quando o grito — "Nããoo" — desabalou pro rancho, a menina deitada no pelego branco como alba garça pernas obtusadas vestido arregaçado olhos de quem via o tinhoso tremendo mais que arraia na fisga molusco fora da concha Juvêncio ajoelhado calça arriada inda babando urrou:

— Virgem o caralho, seu anim...

Não teve tempo de terminar frase nem rezar crendospai braço ergueu em força bestial foice bateu de fianco no pescoço, cabeça balangou pendurada em fiapos de veias e tendões um grugulejo de garganta engasgada em estertores corpo corrupiou no terreiro galinha degolada esguichando em dois jatos de açaí o sangue grosso a cada pulsada o corpo descabeçado estrebuchava em repiniques de pernas e braços até aquietar na poeira, quase todo sangue escoado, Sebastião Nonato e Leidiluz, uma sangueira só.

— Paiii...

— Luuz...

Em ofegos, olhos desmesurados de bacurau, Tião engoliu o vômito azedo que apontava na garganta, respirou fundo, três vezes.

— Paii?

— Eu? Matei este fidumégua, queria matar o pai dele também, a raça toda. Matei e rematei!... Amanhã é a coisa... canoa paçoca banana facão... dispareça. Padim lhe ajude; leve o Pacu, servir pralguma coisa. Aqui não pode mais ...

— Ocê, pai?

— Fico. Cuidar do que falta, inda não acabei. Vai...

Mistura de lágrimas, tralha na canoa, impulsou forte pra afastar da margem, seu olhar arreganhado seguindo a canoa se dissolver na bruma. Pra sempre? Pra sempre, ou... Trôpego, cambaleou ribança acima em aturdimento. Não eram as pernas, era o chão que se movia, ondulava, desequilibrou-se, caiu de joelhos. Um vazio de tripa sem linguiça. Sentia-se desossado. Menino que arrastava a bunda no chão.

Olhou pro rio. Guaporé corria mansamente como se nada, indiferente circunstante, água esverdeada espelhando a mata de cabeça para baixo. O mundo em eclipse rodava em seu caminho de todos os dias. Bando de tangarás baixou na pitangueira como pingos de chuva esverdinhada. Casal de anhumas sentou no alto dum ipê-roxo na outra margem e deu seu grito de alarme, cran, cran, cran. Tino voltando aos poucos. Primeiro equilibrou-se por dentro, depois levantou-se, os ossos quebrados, pelos ouriçados no calor do dia, arrepio de maleita, boca de cinzas. Golada gorda de cachaça desceu queimando gostoso, nem lhe ocorreu dar um pouco ao santo. Calmando aos poucos, coração saiu dos ouvidos, de volta à gaiola do peito. Olhou pro corpo, sujo de terra, a poça de sangue... Um tremelique? Vivia um pouco, talvez. Raiva voltou. Segurando pelos cabelos cortou peles e tendões com a peixeira, acabando de separar cabeça do corpo. Alguns músculos do rosto ainda se contorciam em rito funéreo; os olhos arregalados em esgar de espanto miravam o infinito, a boca escancarada em grito mudo, três dentes de ouro sorrindo em amarelo de arrepio. Num repente incontrolável cortou a estrovenga com os quibas que vazavam da braguilha e socou na boca do cujo, o sangue pastoso e escuro se agrumando. Cuspiu o nojo, fez pelo-sinal. Lavou as mãos. Três vezes. Olhou ao redor: tudo igual, cigarras recomeçaram o zii-zii-ziii; os buritis vendo e ouvindo tudo na maior discrição, calados; Guaporé parecia cansado de procurar declives para levar suas águas tardas de tanta viagem, ia chegar atrasado ao Mamoré nesta época de chuva pouca, águas magras. Tudo seguia igual.

— Assim também, quando me matarem, vai ser tudo igual — falou bem alto, olhou pro céu, limpo de nuvens. Nadas.

Arvoado, entrou na cozinha, fome tamanha; em colheradas cheias, resto do almoço, engoliu sem mastigar e disparou porta afora segurando engulhos, vomitou toda a comida, vomitou verde em ânsias de mais vomitar, cuspiu amargo, alimpou a baba espumosa na manga da camisa. Suas pernas se moviam por conta própria, mãos tremiam em descontrole; na beira da mata aliviou dejeção asquerosa, sujando a barra da calça. Acocorou-se na sombra do visgueiro. Fiscal inspecionando a obra. Não era o que entrava pelos seus olhos o que via, era o que saía, o imaginado. Transvia. Ora atormentado pelo imprevisto, o: e agora... Pior o: e depois. O então! Uma sensação de poder, no vai e vem de sentimentos tumultuados.

— Fiz! Eu! Matei e rematei! Eu! — alto, pro visgueiro ouvir. Logo o desespero. Desaquietado, voltou a entrar na casa em busca do garrafão de cachaça; sentou na soleira se abraçando pra segurar os tremores de arrepio que chacoalhavam seu corpo; foi-se anestesiando gole a gole. Não conseguia tirar os olhos... — Fui eu! Sebastião Nonato, Bastião do Piauí, Tião! Eu mesmo — falava alto e olhava as mãos, inda trêmulas, unhas sujas de sangue; e riu, gargalho macabro. — Rematei. E capei. O bode! — mas só o visgueiro escutava. Queria que Joca estivesse ali para ver o cabra que era, o outro Tião.

Ao depois ensimesmou-se; enrolou cigarro grosso, fumou fundo, fumaça densa inundando seu peito, a tosse. Calmou. Viu as primeiras formigas, batedores em exploração; espalhada a notícia, toques sutis de antenas com antenas, discursos de senadores, viriam marchando em filas disciplinadas, multidões, burocratas, operárias e fiscais, soldados cabeçudos com seus ferrões e venenos, zangões, rumo à polônia, um rio apressado de pequenas criaturas famélicas eletrizadas pelo cheiro de sangue, piranhas fora d'água.

3

Tião ruminava o pasto seco de ontem. Agora? O quê? Fez! Destino? Qual-o-quê. Que Tião era esse que não conhecia? Não se conhecia! Um outro. Não mais Sebastião Nonato, vivente do Piauí, gabiru papa-farinha, mais menos que ninguém. Donde tanta raiva acumulada desde a visita de Virgínio? Não! Era de antes, de muitos antes, sua ira, trepadeira sete-léguas crescendo até chegar a esse ponto de gota d'água. Ódio nunca sentido daquele tanto. Aquele corpo, degolado, capado, não era só o do cujo, Juvêncio, era também o do *patrón*, pai dele, que emprenhava meninas índias pantanal afora, e de sêo Ciço, e do doutor Trabuco, e do "gato", deles todos, sua vingança. Vingara também a dor de Cília, mãe que se vira obrigada a trocar o filho que não se sustentava em pé por uma cabra incerta. Tirara o rabo de dentre as pernas. Virado bicho! Bicho? Ou tinha virado homem?

Cachaça efetuando, paz de liberdade desmedida, leveza de flutuar. Ar novo com gosto de que nunca soube inflando as bexigas dos pulmões, sem esforço, limpando as tripas e veias, oco dos ossos, como se o ar entrasse por conta própria, fresco e perfumado, saía morno com odor a tabaco e cachaça. Respirava e cuspia, pensava pensativo e cuspia prum lado e proutro um cuspe grosso e grudento até secar a boca. Antes o destino destinava, ele aceitava. Nas mãos as rédeas. Primeira vez escolhia caminho, se esgueirara da concha onde vivia escondido, ele, lesma, Sebastião Nonato, vivente arribado do Piauí, morador do retiro da fazenda Tabocal, Mato Grosso deste Brasilzão. Coragem que não conhecia. Fez tudo a sangue quente. Sentiu-se desassombrado. Chutou a cabeça, escarrou sobre o cadáver "Matei, rematei e capei", alto para o visgueiro que via e ouvia tudo em muda concordância.

Silêncio de campo santo, silêncio do vazio de Luz, vazio de oco de embaúba. O céu, cinéreo, ainda não parira a lua. Gemido horripilante veio do rio — Luz nos enlaços da sucuriju?, ou ave noturna que não conhecia? — O corpo doía a cada respirada, sede infinita, sede de mata-borrão, de beber o Guaporé até a última gota. Fosse o grito de Luz no abraço da sucuriju... Sentimento de culpa em ondas de frio, o abraço quente da maleita, ardia em febres. Responsável por tudo que lhe tinha acontecido, o único culpado, ele, Tião do Piauí. Confundia pensamentos com o dito e o feito. Havia dito? Havia feito? Ou...? Desvairava.

A noite, funda, perdida em seus abissos. Virou de lado, puxou a coberta, afundou a respiração, agora caminhava em uma trilha que ia abrindo a terçado na mata; seus passos cobriam rastros de onça em faina de cio; árvores jogavam suas folhas fora atulhando o mundo. Entrou na clareira do sacrifício, o cheiro da morte, corpo pendurado, pendulava, até que, esturro de macho tremeu a folhagem, pássaros revoaram aturdidos. Aturdiu também. Suor azedo vazava pelos estômatos de sua pele, a dor vinha do tutano; não eram carrapatos: besouros cor de azeitona podre por todos os lados subiam por dentro da calça e se enrolavam em seus pentelhos. Tanto besouro! Amanhã uma saparia só, depois as *Liophis*, jararaquinhas-do-campo à caça da saparia... Saiu no descampado, meio-dia, a pino, cegueira branca, e sede, sede; até o rio tinha sede; nas barrancas: ossadas, urubus apertando os círculos pousavam desajeitadamente e esticavam pescoços enrugados, despenados mostrando a pele negra.

Virou de lado: a égua baia escorregava nas pedras limosas do leito do rio, água subindo pela barriga, umbigo, cavanhaque, rio perdendo fundo. Bateu um cansaço sem dimensão. Vencido pela fadiga, entregou-se ao gigante de brincos e cabelos ruivos que subia o rio na chalana silenciosa com seu facão Jacaré, enorme.

Desvirou de lado: noite cansada, língua de fora; espinhos de arranha-gato laceravam sua pele; ventania em fúria arrancou-o da sela, arrastou em torvelinho; rio desbordava, irmãzinha afundava na vertigem do sorvedouro; semente de jaca germinou nas suas tripas e um ramo verde fazia cócegas em seu cu querendo sair, folhas afloravam pelas ventas e buracos do ouvido. Afogou em catarros purulentos, começou a tossir tuberculoses, bacilos deste tamanho; náuseas, o estômago se digeria...

Acordou com uma goteira na cabeça em busca de água. A manhã paria o dia rasgando a escuridão.

4

Uma vaca mugiu triste. Logo outra se juntou nos lamentos, bezerros apartados das mães respondiam muuus em dialeto bovino, Tião não entendia. Com pena dos bezerros Tião voltou ao seu mundinho estreito. Pensou nas vacas, pensou como vaca, ruminando capim de ontem, pasto ressecado, chuvas atrasadas, esfregando no mourão da cerca a pele que ardia de picadas, bernes e carrapatos; olhar comprido pra cria do outro lado do arame farpado, ubre estourando do leite sonegado inchava as tetas em ereção. Pensou nos bezerros, pensou como bezerro, mães à vista, inacessíveis tetas suculentas; farpas da cerca feriam couro inda delicado; sede de leite quente e grosso; sonhos de cabriolar liberdades pela invernada. Pensou na mãe, Otacília, tempos de miséria e seca no Piauí. Pensou na filha, Leidiluz, só, na canoa, assustada como cutia. Onde? Pensando o quê? Sentiu pena. Iria parar pra dormir ou remaria a noite toda? Conhecia bem o rio, Luz, intimidade com canoa e remo desde pequena, intimidade com a água, uma piaba, diferente do irmão, Leovirson; com isso não se preocupava, nem com a cachoeira... Subiria o Verde e entraria na Bolívia ou se esconderia na mata? A semente germinando na barriga magra. O que Zeferina, soubesse, acharia? Como mudara. Insuspeitado Tião. Olhasse espelho veria o quê? Quens?

As sombras já se encompridavam, preambulando a noite.

— Bicho não! Virei hỏmi! — alto e firme para a cabeça degolada, vontade de chutar. Não chutou. As formigas incansáveis trabalhavam no sangue semeado. Voltou pra cama, respirou fundo, fechou os olhos, abriu os braços, alçou voo voejando sobre a caatinga, verdinha da chuvarada. Agora galopava na pastaria, a rédea solta, a alma solta, o vento arrancando seu chapéu, uma quase paz. Voltou a si com o rugir de um bugio velho trovejando impropérios do outro lado do rio a jovem macho que se atrevera com fêmea virgem, talvez. Queria aprender a urrar assim. De grande valia em muitas quadras da vida, mas não, só os outros urravam, sêo Ciço, o gato, *el patrón*, patrões todos.

Desarreou e soltou o burrão do degolado. O picaço sacudiu o couro em estremeções, balangou a cabeça em relincho satisfeito e se dirigiu ao capim viçoso de braquiária a passos lerdos, espantando as mutucas com rabanadas pra lá e pra cá, piscando as orelhas, assoprando e sacudindo a cabeça, satisfeito, livre da barrigueira apertada, do freio que feria a boca. Falou com o burro, como costumava falar com a égua baia, mas não sabia se entendiam. Pensou que devia ser bom no tempo em que os bichos falavam, eram gentes.

Tirou a roupa empastada de sangue grudento, cheiro de ferrugem, cheiro doce e enjoativo, entrou no rio, nu, sem medo das piranhas. Sentiu-se forte. Esfregou-se com o sabão de cinzas feito pela filha. Sentiu-se limpo. Chacoalhou os cabelos como cachorro que sai da lagoa, as mãos deslizando pelo corpo para tirar o excesso d'água. Roupa seca, calçou as alpercatas, uns tapas no chapéu caído ao lado do cadáver espantaram a poeira. Foi ao curral, soltou os bezerros que correram saltitantes abanando rabos, atendendo aos mugidos aflitos das mães. Sentiu-se bem. Voltou do mangueirão com a corda longa de couro trançado, fez um laço de correr no capricho, testou, pendurou num gancho da parede. Entrou na casa, achou as velas, sentou-se na soleira da porta. Vazio de ouvidos, nem as cigarras chiavam, os bichos da noite ainda no resguardo do lusco-fusco, hora da ave-maria, só o murmurilho das águas nas rasuras de pedras; as árvores em anfiteatro arrodeando a clareira acompanhavam tudo, mudamente, nem um farfalhar.

Observou um jaburu em preparação para pousar: foi desplanando com fidalguia em elípticas circunvoluções, desdobrou o trem de aterrissagem, pousou na praia com uma corridinha curta, entrecruzou as asas nas costas em requebro elegante e começou a passear pra lá e pra cá, jaburuzando soturnamente em agouro de tristezas, virando a cabeça a cada passo para olhar, desconfiado, um olho, depois o outro, como general na sala de reuniões, mapas estendidos sobre a mesa, mãos cruzadas nas costas, ia e voltava avaliando seus planos pra noite que se anunciava. Tião desceu até a barranca; seu Jaburu grasniu irritado, dobrou os nós dos joelhos, esguichou um jato esbranquiçado, fosse uma blasfêmia pelo incômodo, e com uma impulsão das pernaltas alçovoou com perícia e ascendeu silenciosamente espiralando nas térmicas até virar um negro til de ão nas alturas. Fosse um jaburu...

Pensou como jaburu. Passaria a seca deste ano no pantanal do Poconé, ou iria ao Paiaguás? Uma companheira esperava no alto do jequitibá? Regurgitaria peixes para os filhotes de bicos arreganhados no ninho?

Pensamento alado fluía solto como o deslizar do Guaporé... Sua imagem embaçada na água lisa. Há quanto tempo não se via? A barba, crescida, continuava rala, lembrando socó trêfego receoso dum bote de jiboia; em voz alta:

— Fiz isto? Maluquecendo?

Guaporé respondeu nada, surdo, perdido em suas preocupações fluviais. Tentou cara de mau, mas o reflexo na água calma só mostrou uma figura carcomida; uma jia gemeu triste no bico dum maguari. Miado vindo da casa? Gato nunca houve. Gato-mourisco? Subiu, arrodeou a casa, nada, nem pegadas. Ouvia o que não soava. Falava com rio agora? Doido! Acocorou-se na soleira e esperou a noite, ver se no escuro enxergava melhor, a situação, os desacontecimentos por vir. O primeiro vaga-lume pisca-piscou intermitências, em busca do néctar aromático que exalava dos aguapés em flor. Entrou em casa, acendeu vela enfiada no gargalo da garrafa vazia de pinga e ficou fantasiando com as sombras projetadas na parede. Vento frio chegando do sul agitava as folhas palmadas da embaubeira, guarda-chuvas abertos à espera de setembro. Luz gostava daquela árvore e dançava com as grandes folhas que caíam, melodia que só ela conhecia.

O escuro se insinuava sobre o retiro como vaga de pororoca, chegando, chegando; borrão mais claro indicava onde a lua ia surgir; aos pouquinhos foi apontando timidamente no azul quase negro, como querendo passar desapercebida.

Viu a primeira estrela pinicar no breu — outras foram surgindo, virando multidão como poeira prateada a amortizar o negrume que se anunciava trazendo um leve perfume de flor noturna. Juntou gravetos, capim seco, acendeu; colocou paus de calibre para durar. Nuvem densa vogando alta apagou as estrelas, escondeu a lua. A escuridão baixou com seus arcanos segredos, escuridão grossa, de lambuzar os dedos. Dia longo, cabuloso, tudo que tinha passado, saboreou o último gole de cachaça e em haustos profundos aspirou a fumaça do tabaco. A lenha seca estalava e paria pirilampos, fugazes estrelas cadentes. Uma paz momentânea transcendeu de suas entranhas banhadas em cachaça. Um urutau gemeu dolente, uhh huhuu... cururus deram início ao pan-pan-pan como vulcanos martelando ferro frio... Nada acontecido. A Terra seguia sua trajetória no espaço imenso, vida vivia devagar, Guaporé lambia o granito vestido de musgo d'água com seu barulhinho molhado de costume, sussurros da noite. Vivia, ainda. O pulso no seu braço magro pulsava. Era chegada a hora?

5

Luz com sua semente, onde por estas horas? Já devia de ter passado a curva do S, se aproximando do rio Verde. Subiria o Verde? Noite toda? Inda bem que levou Pacu, bom pra dar alarme.

Mas logo voltou-lhe o desassossego, um formigamento na pele, ardia e mudava de lugar. E por dentro nada, um oco em todos os cômodos do corpo, as veias vazias, tudo vazio, só os pensamentos, confusos, emaranhados. Olhos abertos, as imagens sumiam; fechados, retornavam, iguais, pendulando. Pensamentos vinham de cambulhada, a cabeça na terra, as formigas, Luz remando no escuro; se conversava e se confundia no turbilhão distos e daquilos, falando-se "mas... e se...? e se não se...?". Matara Juvêncio, o filho do puto, de mãe desconhecida, trazido de aldeia caduveu. Matara mesmo, no gume acerado de sua foice; separara a cabeça, no fio da sua peixeira; o filho do capataz, do canhoto, do cujo que tinha calo na alma; matara com aquelas mãos, aquelas que agora olhava, de um lado e de outro, as palmas, as costas, os dedos nodosos, as unhas sujas; mãos que trabalharam a vida toda para outros, para um patrão que nem sabia seu nome, mãos que nunca haviam matado ninguém, nem cobra gostava de matar, espantava; um animal vez em quando pra alimentar a família (Zeferina gostava de paca) e mesmo assim com dó, ou pra aliviar sofrimento de rês, pata quebrada, a égua Guaraná, coitada... E agora? Acontecer? Com ele? Luz? Acabado. Luz também, acabada. Tão novinha. Queria ser como planta que moribunda depois de longa estiagem desmurcha e volta à vida no primeiro chuvisco. Mas não, não era, ia perder o pouco que nunca teve. Na escuridão de sua vida magrela perdera sua Luz, a única luz que teve. "E se não tivesse matado? Seria como? O que seria da filha, desgraçada pelo..." Nem sabia que nome dar àquele zinho, alma empedrada, sem resquícios de humanidade, fidaputa, anteprojeto de bigato, larva-de-ca-runcho, sucuriju-de-varjão. Pior, desgraçada por ele mesmo, Tião, pai. Pobre Luz. Mas ela queria! Foi ela quem quis! Foi? Podia se culpar? Culpa? Tinha! Filha! Nesses casos não se deve de... mas há coisas, "homem pode virar bicho!", dissera pro Virgínio naquela tarde fatídica. Ele entendia, Virgínio, a situação. Mas era homem, ou já deixara de? Virgi entendia? Mas e ele?, Tião? Se explicava mas não entendia.

Da morte de Juvêncio Caduveu não tinha culpa; o filho do coisa-ruim devia ter sido matado no ninho para não seguir caminho errado. Não tivesse matado? Denunciado a *el patrón*, pai? Nada. Ali não chegava o braço da justiça, nem a mão, sequer a unha do dedo menor. Justiça serôdia. Capaz de rir, *el patrón*, encolher de ombros. Naquele fim de mundo impe-rava, fazia chover e estiar, acontecia nada, pior até. Morasse na cidade... tivesse polícia... Nada. Polícia não protegia tiãos.

Prendia. Destino de gabiru. Ainda por cima cafuzo. Pareceu até que ouvia a vozinha rouca do capataz viajando no espaço rumo aos seus ouvidos: a-nal-fa-be-to!

Zeferina da Ora, aqui? Feito o quê? Fosse com ela? Traição dela até aceitava. Mandava embora com o filho do capataz, fosse pra onde fosse. Arrumava alguém melhor. Mas com Luz? Tivesse fugido com Luz? *El patrón* e seus jagunços viriam caçá-lo. Mas conhecia aqueles matos melhor que ninguém, talvez escapasse. Talvez. Melhor ter ficado no Piauí, como caatingueiro que era. Vidinha de trabalho, contra a seca, correndo atrás das cabras. Depois que sêo Ciço morreu, vida podia melhorar, dona Santinha não era má pessoa. Tivesse ficado por lá não haveria Zeferina, Leidiluz, Juvêncio... degola, sofrimento... Será? Seria? "Por que penso em Deus se sei que não existe? Não fosse incréu podia rezar. Mas rezar sem fé? Adianta? Agora, o quê? Incréu apela pra quem? Fosse evangélico, tivesse irmãos em Cristo, pagasse dízimo pra comprar o céu?" Não, em nada cria. E amanhã, quando *el patrón* chegar procurando a cria? O filho saiu da sede no clarear; deve de ter avisado que vinha pro retiro, não voltou... Amanhã tá aqui, *el patrón*, com Florindo e Javier. Vai encontrar o filho descabeçado e a faina das formigas. Não vai encontrar Leidiluz nem a canoa. Ele podia fugir pela mata. Adiantaria? Florindo segue até trilha de calango. Vão campear, esquartejar a golpes de facão-jacaré e jogar pras piranhas. Pior, entregar pra polícia! Tivesse uma carabina, um parabelo que fosse, levava mais um com ele. Luz escapava com sua semente, a semente dele.

— Meu Deus! Tinha que ser desse jeito? — falava-se. — Não me sabia capaz disso e daquilo. Aquilo? Foi Luz que provocou o que latejava dentro de mim. A gente não sabe o que tem dentro. O mal tá fundo, no tutano de cada um. Por fora não se vê. Se não vigiar escapa, toma conta. Quando dá acordo tá feito, tá embarcado como escravo em porão de navio. Tem volta não. Angola nunca mais. A gente não se conhece inteiro. Pedaços. A gente vive se disfarçando pros outros. Espelho mostra só o verniz, não o veio da madeira, o cerne. Injustiça não se apaga da lembrança. Nunca. Um dia escapa, despida e não cozida. Vingança!

6

Tião sentiu-se velho. Tateou a face angulosa, a pele murcha e áspera, a barba crescida. Pela primeira vez se deu conta de que o tempo passara. Velho. Tirou o chapéu; não se sentiu bem. Voltou a colocá-lo; o velho chapéu não reconhecia mais sua cabeça, incomodava. Matou. Tudo bem. Matou! Mas precisava degolar? Capar o cujo? A gente não se conhece, pensamento ruim a gente esconde. Poderia ter jogado pras piranhas, serviço limpo, soltado o burro bem longe. Soubesse mentir: "Juvêncio Caduveu? Seu filho? Sei não, *patrón*! Vi não, por aqui não passou..." Mas e a menina? Desaparecida? Como explicar? Como? Diacho! Mentir pro Hellmut? Hellmut Caduveu? No trono do seu alazão, charuto na boca? Ele, Tião? Olhando pra cima, gaguejando, com cara de culpado? Quando *el patrón* falava era, o que fosse. Era!

Não! Tião não era. Mais o mesmo não era. Já não queria desaparecer com o cadáver. Queria que o pai visse o filho descabeçado e capado na poeira, mula sem cabeça. O corpo fervilhando em azáfama de formigas entrando e saindo pelos túneis do pescoço, nariz, orelhas, a cabeça na terra, cabelos desguedelhados, capado, os bagos com o caralho e tudo socados na boca, vazando pentelhos, molas de binga embaraçadas aos fios do bigode. Sim, queria ferir. A todo custo, a todo custo. Lavar sua alma, lavar as afrontas acumuladas. Era um ninguém. Mas há circunstâncias. Tem coisas. Queria causar a dor, o sofrimento, vingança, vingança terrível. O filho *del patrón* mexeu com o homem errado. Tião era do bem. Era. Guaporé é calmo, contido pelas margens, dorme em seu leito, mas tem dias de subimento e então pode crescer endoidecido em escarcéus e voragens, no alvoroço das águas rugindo pororocas e desmargeando por sobrebarrancos, inventando novos caminhos e corixando e varando tudo em força bruta de enchente medonha. *Patrón* pode muito, pode tudo? Aureliano? Nem o Capeta... Agora está feito, tudo bem cerzido como deve de ser prum cabra de respeito. Queria que Joca Tamanduá tivesse visto, soubesse.

Virou de lado, se encolheu na cama, um tatu-bola; sonambulava. Em sua escurovidência previsionou o dia seguinte, quando se dessem conta, na sede, gente do coisa-ruim. Tivesse carabina...

Acordou com sede de Piauí, tamanha, inda escuro. Talagadas, tossiu, cuspiu o pigarro, reacendeu a guimba; se estranhava, confundindo pensamentos, a vontade de, com o feito. Havia feito? Ou só pensava quê? Falava-se ou se ouvia sem falar? Sonhava ou já estava morto? Analfabeto. Nem Deus, existisse... Acendeu as velas. Viu-se. Seu corpo a vagar pelo terreiro andava leve sem pisar no chão...

Deitou de novo ouvindo grilos: um cricrilava embaixo da cama, outro telegrafava a resposta do lado de fora, falavam do tempo, em conversação monótona mas importante. Vida de grilo devia de ser mais fácil; fosse grilo, tivesse com quem conversar... Abriu os braços e alçou voo sobre a catinga chovida. No seu desvairamento, Luz era sua mulher, meiga e linda, Zeferina a filha rebelde a ser castigada; Guaporé secava nunca. Sua mãe, Cília, jogava milho no terreiro bem-varrido pras galinhas, as cabras agora tinham água, davam muito leite, mãe fazia queijo, bem salgado; Pacu seguia correndo na sombra da égua baia que abanava o rabo contente na volta da lida, a casa ainda distante um bocado. A horta viçosa dava de tudo. Nas baías, tucunarés de cardume. De tardezinha, quando voltava pela trilha, Luz esperava pra abrir a cancela, brejeira, um chumacinho de mussambê perfumando seu cabelo, um laivo de boniteza... Mas tinha suas esquisitices. Não era mais uma só. Uma coisa dentro, se transformava, esperava a hora.

Chuva fina, noite toda.

Amanheceu. Um raio de sol atravessou o chuvisqueiro sem se molhar; ar fresco de cheiros molhados. O Guaporé, um verde transparecente de chuchu descascado aguachava um barulhinho molhado; a água espelhava o céu e a mataria refletia imagens de antigamente. Mirava sua figura e não se reconhecia, um menino que se arrastava com a bunda no terreiro, bunda suja, nariz remelento.

Um lençol de garças alvejadas apontou na curva e se estendeu rumo ao nascente, esquadrilha em voo sincronizado as pontas das asas quase tocando a água, a vida se continuando, que assim era, tinha de.

7

Na sede, Hellmut inquiriu:

— Siô?

— Juvêncio?

Tonha falou:

— Ontem bem cedo, no burrão castanho, rumo do retiro. Patroa disse que o menino não dormiu em casa.

— Carabina? tralha de pesca?

— Sei não, mas vi o 38 na guaiaca.

Pressentimento; mandou arrear três montarias, conferiu a munição da papo-amarelo, farnel com cachaça, café, paçoca de carne-seca, sempre prevenido, podia tardar. Partiu blasfemando, com os capangas, trilha do retiro, empós de Juvêncio.

— Esse moleque além de não ajudar me dá problemas. Capaz de tudo sem servir pra nada. Dia e noite fora, não tem costume, mulher preocupada. Rumo do retiro, é? Até adivinho o quê. Tião deve de saber, de ser nada, só mau presságio da patroa; bêbado, pescando, perdido na mata, mulher não mora mais com ele; no pior, entrevero com soldados bolivianos nas margens do Verde, ou... — engoliu, pra não dizer.

Em trote ligeiro sob chuva miúda, Hellmut, carranca do São Francisco, franzia as taturanas das sobrancelhas meditabundo em cavilações. Parou de responder falação dos brasiguaios que tentavam imaginar o sumiço de Juvêncio; esporas nas ilhargas do burro, acelerou o trote. Charuto apagado rolava nos lábios babados, cuspida de lado a cada tanto. Não chovia agora. Em cortejo de silêncio, seguiam em matutação, só os cascos ferrados batendo no chão da trilha, patac-patac, Hellmut, Javier, Florindo.

Cheiro de bosta fresca prenunciou a chegada ao retiro, o curral. Logo vislumbraram a casa por dentre a bruma de vapor levantada da terra molhada, quase hora do almoço; da porteira avistaram o burro castanho solto, pastando na braquiária.

— Burro solto a causa de quê?

— Não vejo canoa de Tião. Juvêncio pescando?

Mais adiante, adentrando o terreiro, visão tenebrosa abalou suas entranhas, um bafo nauseabundo.

— *Mira patrón. Santa Madre de Dios!*

Corpo pendia de uma corda. Hellmut sacou a arma. Javier e Florindo engatilharam, abriram leque em prontidão. Foram se chegando, acautelados, até que, junto da casa, corpo descabeçado, semidespido, coberto de formigas-tauoca em correição saindo da traqueia como vagões de um túnel escuro. A roupa do filho, Hellmut reconheceu, vestia o degolado, Juvêncio. Ao lado a cabeça, a boca cheia, demorou a entender o que via, a situação... O urro que escapou de sua garganta assustou um bando de maritacas que desabalou da roça em algazarra destrambelhada, esparramando seu verde entusiasmado no cinzento do dia.

Junto ao tronco do visgueiro a cadela Matrinxã, encolhida, pelos arrepiados, investiu. Cavalos refugaram, Hellmut, sinal com a cabeça, tiro certeiro de Javier, nem gemeu. Um cavalo empinou, assustado. Apearam, armas nas mãos, olhares de espanto vasculhando a rosa dos ventos. Silêncio de arrepios quebrado pelo grasnar de um gavião-pega-pinto.

Na ponta da corda, num galho seco do visgueiro, corpo pendulava levemente, pra frente e pra trás, a língua roxa, desmedida, olhos arregalados de suindara. Uma visagem.

— Tião!

— Leidiluuuz! — Hellmut gritou na porta do casebre. Nem o eco respondeu. Entraram na casa acautelados, armas nas mãos. Deserta, tudo nos conformes de arrumação.

— *Indios vagantes por la selva, mataron los dos, llevaron la niña, nambikwaras, he oído, están raptando niñas blancas.*

— Que índios, Javier? Olhe os tocos de vela ao lado do Tião.

— *Patrón, entonces bandidos bolivianos.*

— Nada, não há sinais de luta nem rastros de índios. Tá me cheirando arte do próprio Tião, veja o toco onde ele subiu; só não entendo onde está a menina.

Arqueado, Florindo indagava do chão marcas de pés e patas. Rastros mais frescos, pés pequenos, descalços, e marcas de alpercata, ou borzeguim, desciam pro rio, pés pequenos não voltavam.

— Menina escafedeu-se na canoa.

A catinga, as formigas se refestelando e defendendo o espólio das varejeiras que zuniam aflitas. Mais tarde os urubus... Tiraram as partes da boca, jogaram no rio; lavaram o corpo pra retirar as formigas e a terra grudada, amarraram atravessado no burro, a cabeça num caçuá. Voltaram pra sede minhocando hipóteses, ruminando providências, em silêncio de fazer medo, aparições cavalgando em sinistra procissão.

Naquele dia, a noite chegou como um picumã caído do fumeiro. Hellmut passou a noite tomando café e fumando. Noite trevosa, esticada. Ia até o rio, urrava uma maldição, voltava pro alpendre, sentava na cadeira de balanço esperando clarear. Tentava entender: Juvêncio degolado, capado, comido de formigas. Quens? Garimpeiros, índios, Florindo não encontrara rastros... A mulher, muda, num canto da cozinha, olhos de assombração, secos, uma lágrima sequer, fazia café e não parava de pentear os longos cabelos, toda de preto vestida.

Ainda não tinha clareado quando acordou os jagunços, pegou a Remington, entraram na voadeira, precisavam achar a menina, saber. Passaram pelo retiro e foram até a beira da cachoeira, que dali, por água, não passava nem piranha. Nada, nem sinal da canoa, nem rastros nas margens; subiram um pedaço do Verde. Nadica, nem vestígio de soldados, pegadas, marcas de canoa aportada. Nada.

— *Hija de puta! Se fue hacia Bolívia.*

— Ou despencou na Quatro Quedas.

To make a prairie it takes a clover and one bee,
One clover, and a bee.
And revery.
The revery alone will do,
If bees are few.

Emily Dickinson

PARTE III

1

Água do meu Tietê,
Onde me queres levar?
— Rio que entras pela terra
E que me afastas do mar...

Mário de Andrade

As viagens-expedições começavam muito antes, comprando mapas, estudando o percurso dos rios, o ponto de entrada, previamente determinado, e o de saída, estimado; regime de chuvas definindo a data da partida — que rios também emagrecem e engordam segundo o ciclo das estações. Desde que se aposentara, Tinoco vivia em função de projetos de remar novos rios. Ainda no mapa imaginava o rio vivo correndo azul sem molhar o papel e começava o sonho da próxima aventura. Durante os preparativos antecipava acontecimentos, sensações, os acampamentos nas margens, o crepitar da fogueira, os barulhos da noite, o sossego da solidão ansiada, o estar consigo imerso na natureza. Fechava os olhos, respirava fundo, sentia o cheiro do rio, do húmus da mata, a neblina da manhã pairando sobre as águas. Chegava a ver o céu, boca aberta, extasiado, aquele mundão de estrelas, constelações que nunca se via na cidade; enchia o peito com a luz do luar e começava a contar dias e horas até a partida, a tralha ticada em longa lista, minimalismo, que tudo pesa, ocupa espaço: mais que viagens, expedições.

Sonhava no planejamento, para viajar sonhando; depois sonhava o viajado, misturando os muitos rios remados. Era isto que atenuava o tédio da aposentadoria: os sonhos antes, as lembranças depois. O que nos traz a felicidade é a expectativa, a ilusão do prazer por vir, a antecipação do gozo, da aventura. Depois é a volta, a velha rotina do em casa. Sem canoagem, um desacorçoamento, intervalos de enfado.

Sonhou longamente a viagem pelo Guaporé, logística de acesso nada trivial naqueles idos. Era abrir o mapa e aquela cobrinha insinuante, destacada em azul sobre o fundo de um ocre desbotado, acenava pra ele em convites explícitos. Estava lá. O Guaporé. Se esticando da Chapada dos Parecis ao Mamoré, aguardando sua canoa em aceno malicioso a navegar pelo traçado azul no papel. Lá. Muito antes do mapa existir, muito antes do Brasil ser invadido por degredados lusitanos, muito antes dos aborígenes terem chegado do norte longínquo. Lá. O Guaporé. Dava comichões.

— Um dia ainda embarco!

E esse dia um dia chegou. De atrativos vários, longo e de boa largura, isolamento da civilização, o que mais o atraía; um rio de fronteira, divisa com Bolívia. Além disso tinha a história do barão de Langsdorff, lida quando adolescente na biblioteca do colégio, relida antes da viagem. Descobriu estórias de outras histórias, aventureiros, naturalistas, como ele, se achava. Aquelas eram expedições! Tivesse nascido um século antes... Definiu o ponto de entrada a montante de Vila Bela da Santíssima Trindade, no rio Alegre, afluente do Guaporé. Ficou até feliz quando os amigos canoeiros declinaram da escolha do rio: — muito longe, baixa relação distância remada/distância rodada — como se isso fosse parâmetro de escolha; a logística de entrada e saída difíceis, a inexistência de socorro em caso de necessidade. Acharam que havia pirado quando disse que iria só:

— Desta vez vou comigo!

Não fez conta, confiava em suas habilidades. Solidão era remédio. Riscos, sempre os há, temperos do viver. Além de já um pouco cansado dos exageros de tralhas e falação sem propósito, os amigos espantavam os sons da natureza, animais. Companheiros? O rio, bichos grandes e pequenos, as plantas, imponentes ou singelas.

— Bem acompanhado com minha canoinha. Vou! — falou pro crítico mais insistente.

Expedição planejada nos mínimos detalhes, ainda mais que iria escoteiro, todo cuidado carecia. Tralha separada, nada podia faltar nem sobrar, pois certamente teria que contornar cachoeiras e carregar a canoa e a carga por terra, no lombo: mapa hidrográfico, bússola, meia pasta de dentes, comida na medida, calculava o necessário, cachaça e fumo, alimentos pra alma, o suficiente. Há tempos já não arengava com a mulher; ela sabia que o anúncio de mais uma aventura era decisão tomada. Mas dizia:

— Tá bom, prefiro que vá a ficar aqui com esta cara, encistado! Mas não me volte estropiado, inválido, que não tenho vocação pra enfermeira. Melhor morrer por lá.

Sabia que ela falava dos dentes pra fora. Desta vez ainda acrescentou:

— Veja sua idade. Não acha que está na hora de pendurar os remos?

— Esta é a última vez — acrescentou, sério, sem muita convicção.

— Você sempre diz isso. Parece que tem uma canoinha navegando nos rios de suas veias.

Só não disse que desta vez iria só. Ela não iria entender.

2

O mapa mostrava o Guaporé se espreguiçando na transição entre o Pantanal e a Amazônia, resultante da junção dos rios Moleque, Sepultura e Lagoazinha, três pequenos rios que nascem na Chapada dos Parecis; daí vai caudalando rumo noroeste pelo aporte de córregos e ribeirões tributários, dando origem às suas águas mescladas para se tornar rio veraz e digno, quase mil e quinhentos quilômetros de viagem até despejar sua encomenda de águas, bichos e plantas mato-grossenses nas águas opacas do Mamoré, carregadas de argilas e mistérios bolivianos. Em sua viagem, o Guaporé vagueava erradio e se demorava nos aplanados antes de se despenhar alvoroçado em redemoinhos e espumas nas quebradas dos declives, rasgando o Mato Grosso a bordejar o território a que dava nome, divisa de Rondônia com os departamentos de Santa Cruz e Beni, Bolívia.

Não aguentando a excitação, tudo pronto, antecipou em três dias a data da partida. A agitação da partida, a revisão em detalhada lista de tudo que era necessário, o sono salteado, o acordar antes do despertador, ainda escuro, o carro carregado na antevéspera, canoa no bagageiro, o remo sobressalente, o mapa rodoviário com as estradas, precárias, sempre, as paradas para pernoite em pensões de vilarejos até a chegada ao ponto de partida na margem do Alegre.

A euforia do primeiro acampamento na barranca do rio, noite sobressaltada toureando a ansiedade, o amanhecer ouvindo o gargalhar longínquo de uma "seriema do matogrosso, da perna fina e pescoço grosso". Na primeira manhã na beira do rio lavou seus olhos na luz ainda hesitante da aurora que esplendia rosicler em miríades de gotículas serenadas pela madrugada. Um momento quase solene, uma beleza que se sentia até no paladar e que nunca encontraria palavras para descrever.

— Bom presságio! — comentou com seus piolhos.

Arrumou a carga na canoa meticulosamente; noiva preparando enxoval. Cumprindo um ritual, molhou as mãos no Alegre e passou pelo rosto acariciando a barba, ajeitou o chapéu. Antes de entrar na canoa marcou território, prática, quase vício, que aprendeu com o vô Chico, embora não tivesse a mínima esperança de voltar àquele lugar. Com respeito pediu permissão ao desconhecido, por razões desconhecidas, e embarcou. Madrugada alvissareira, raios de sol buscando brechas por entre flocos de nuvens afogueadas que se refletiam no espelho d'água ainda embaçado por tênue neblina. No horizonte, água e céu se emendavam em promiscuidade — onde acabava um, começava o outro? O que era reflexo, era céu, era rio?

Enfim! Viu-se tomado por inexplicável frêmito de quase alvoroto em mais uma expedição-aventura ao desconhecido. Um encantamento. Embora ateu convicto, fez um pelo-sinal cabalístico e encheu os pulmões em um hausto profundo com o ar fresco e úmido, o perfume da folhagem misturado ao da terra molhada. Coração batia em ritmo de aflição no engradado das costelas.

— Agora. Lá vou eu, seja o que... — pensou, não disse.

Curvou o tronco para a frente, esticou o braço direito no limite, enfiou a pá inteira do remo na água de um turvo doce de leite e puxou forte, a água girou num rodopio ao redor da haste do remo, a canoa rompeu a inércia e avançou decidida em leve balanço.

Com emoção saboreou as primeiras de milhares de remadas. Canoa singrava elegante, parecendo tão feliz quanto o velho canoeiro em tirar a poeira acumulada nos dias de paradeira, suspensa por cordas no teto da garagem. Deslizava graciosa a favor da corrente, requebrando pra lá e pra cá, no rumo traçado, conforme mudava o remo de lado, três a bombordo, quatro a estibordo em seu padrão de canoar águas tranquilas. Uma jaçanã acompanhou as primeiras remadas correndo sobre folhas discóides de ninfeias. Irritada pela invasão de seus domínios, erguia e abaixava as asas insanamente, entremeando grasnidos histéricos; um marimbondo passou vespando por sua orelha.

O Alegre, estreito e sinuoso, prometia; e assim foi, sem maiores dificuldades, exceto uma ou outra árvore caída dificultando a passagem, croas de areia ou pedriscos a serem contornados até sua foz, juntando, por fim, suas águas tijucas, dois dias depois da partida, na cor de mate verde do Guaporé que se viajava pro norte, às vezes um pouco apressado.

No Alegre passou por ariranhas ressabiadas exibindo meio corpo fora d'água para mostrar a estrela branca na camurça acastanhada do peito, dentes pontiagudos arreganhados para amedrontar intrusos, torpedos dentro d'água, desajeitadas como focas quando saem para comer; famílias de capivaras ensinando as crias a mergulhar e se afastar de canoas — homem é bicho perigoso —; jacarés dolentes quentando sol nas praias de arrebol; o periscópio de um biguatinga emergindo em perquirição e mergulhando na frente da canoa; casais de araras ralhando ranzinzas cruzavam o rio, espalhafatosas como só elas; e tantos outros seres avoantes por cima e nadantes por debaixo de entremeio a margens delineadas por cortinas de mataria onde sobressaíam touceiras tristes de açaizeiros, as folhas pendentes, os folíolos cabisbaixos, como a lamentar o solo encharcado.

Assim foi, acampou três noites, e no quarto dia, um povoado, Vila Bela da Santíssima Trindade. Arrastou a canoa para o seco e montou sua barraca na margem direita, em areal junto a uma balsa encalhada, carcomida pela ferrugem. Aproveitou pra comprar alimentos frescos na vila, inclusive uma garrafa de "canjinjin", preparada por quilombolas — cachaça curtida com folhas e raízes de dezoito ervas medicinais — esclareceram sua ignorância.

— Medicina porreta para males do corpo e d'alma — apregoou o dono do botequim, um cafuzo Sancho por detrás da pança ampla e densa bigodeira, valorizando a mercadoria.

Foi o quitandeiro barrigudo, de nome Melquíades, que lhe contou que em sua viagem de canoa deveria passar por um rancho abandonado onde um vaqueiro capou e degolou um cabra que queria estuprar a filha dele, enforcando-se depois. Uma tragédia descrita com deleite em todos seus detalhes.

Na fase de preparação para a expedição, como de costume, Tinoco procurou se informar sobre a história dos arredores e a geografia do percurso que pretendia completar em cerca de três semanas; não era principiante ao deus-dará ou não dará, pois nem sempre dá, e dando tudo certo já havia riscos suficientes. E descobriu mais, e mais se interessou das viagens de outros peregrinos naquelas plagas: Alexandre Rodrigues Ferreira, conde de Castelnau, barão Langsdorff, Ricardo Franco, presidente Theodore Roosevelt e o marechal Cândido Rondon, além de outros naturalistas e aventureiros menos conhecidos ou que não deixaram registros escritos. Esse rico histórico de viagens fora um dos fatores decisivos na escolha do Guaporé.

Em suas pesquisas viu que o único local habitado por onde passaria era Vila Bela da Santíssima Trindade, fundada em 19 de março de 1752 por dom Antônio Rolim de Moura Tavares, conde de Azambuja, primeiro governador da capitania de Mato Grosso. Não sabia por quê, mas desde a primeira leitura o nome da vila parecia exercer um certo fascínio sobre o que iria encontrar: vila pelo tamanho, bela pela geografia e santíssima pelos jesuítas que lá chegaram em meados do século XVIII cravando sua logomarca no solo fértil: dois paus de tamanhos diferentes amarrados assimetricamente em ângulo reto. Leu que o povoado funcionou como capital do Mato Grosso até 1835. No início, a vila alcançou rápido desenvolvimento, estimulada por Portugal, para evitar a ocupação espanhola logo após a descoberta de ouro; mais tarde, devido às dificuldades de acesso e declínio da mineração, perdeu a primazia de capital, transferida, esta, para Cuiabá, onde se desenvolvia florescente centro comercial. Com a mudança da capital a vila entrou em declínio, a maior parte dos estabelecimentos foi fechada com o êxodo dos habitantes mais prósperos, restando apenas quilombolas e moradores que não tinham pronde ir, dando lugar a um clima de abandono e deterioração do casario. Da erosão do tempo não escapou nem a catedral gótica construída em 1752, agora em ruínas, cuja posse foi tomada por imensa figueira.

Os registros diziam que desde o século XVIII já havia grande interesse em ampliar o comércio entre as capitanias de Mato Grosso e do Grão-Pará, até então feito de forma muito precária pelos rios Guaporé, Mamoré e Madeira com a utilização de grandes canoas. Risco alto devido às cachoeiras, especialmente as do rio Madeira, que ocasionavam perdas de mercadorias, embarcações e vidas, sobretudo de índios encarregados dos serviços mais pesados de remar e arrastar os canoões e a carga nos varadouros, por terra, para contornar as cachoeiras mais perigosas. Muitas vidas foram perdidas não somente em acidentes na transposição de obstáculos fluviais, mas também por doenças como malária, leishmaniose e outras sezões, além de uma moléstia catalogada então como corrução, maculo, ou mal-de-bicho, cujos sintomas foram descritos por Alexandre Rodrigues

Ferreira. Este extraordinário naturalista português saiu de Barcelos, capital da capitania do Rio Negro, em 27 de agosto de 1788 e subiu o rio Madeira rumo ao Mato Grosso, aonde chegou em 1792. Segundo Ferreira, a corrução tem período de incubação de oito a quinze dias, seguido por fortes dores na região occipital, profunda letargia, perda dos sentidos e da capacidade de movimentos, além do relaxamento do esfíncter anal de tal maneira que se pode introduzir facilmente a mão pelo intestino do infeliz; o mal se agrava pela proliferação de larvas de insetos no reto, gerando odor insuportável. Esta mesma doença foi descrita como "*inflammatio anus*" pelo botânico Carl Friedrich von Martius em sua viagem ao Brasil no início do século XIX. Antoine Hercule Romuald Florence menciona que a terrível moléstia é tratada com o "saca-trapo", um bastão com um chumaço de algodão embebido em vinagre, pimenta, pólvora e tabaco que é enfiado pelo cu do acometido.

Foi só em 1790, quando dom Francisco de Souza Coutinho assumiu o governo do Pará, que se fez um plano, a mandado da rainha Dona Maria I, para se estabelecer estações de apoio com embarcações, animais de tração e pessoal para facilitar o contorno das cachoeiras mais perigosas. Para implementá-lo o governador designou o tenente-coronel Ricardo Franco de Almeida Serra, militar português que prestou excelentes serviços na delimitação de fronteiras do Brasil. Seu nome identifica hoje a bela serra no noroeste do Mato Grosso, a serra Ricardo Franco.

Leu também que a região foi visitada e estudada pelo marechal Cândido Mariano da Silva Rondon, um dos vultos históricos que ele mais admirava no Brasil. Rondon seguiu a estrada construída pelos antigos capitães-generais, de Cuiabá a Vila Bela, passando pelo rio Jauru e Porto de Salitre, que Rondon renomeou como Porto Espiridião, em memória de Espiridião da Costa Marques, engenheiro de minas. Daí seguiu para o lugarejo conhecido como Porto do Destacamento, nome que Rondon mudou para Pontes e Lacerda, homenageando os astrônomos que trabalharam com Ricardo Franco de Almeida Serra.

Em suas pesquisas preparatórias para a expedição, Tinoco encontrou extraordinárias gravuras e se interessou particularmente por um jovem pintor francês, Aimé-Adrien Taunay, um dos ilustradores que participaram da fatídica expedição científica do barão Georg Heinrich von Langsdorff. O barão, nascido na Alemanha, graduou-se em Ciências Médicas e se apaixonou pela investigação empírica das ciências naturais e antropologia. Entusiasmou-se ao saber de uma expedição russa à América do Sul, à qual se juntou na qualidade de entomologista e mineralogista. O navio saiu de Copenhague e aportou em Santa Catarina, na então Vila do Desterro, onde a expedição ficou mais de um mês, seguindo, depois, para o sul. Só regressou à Rússia após uma peregrinação pelo Pacífico. Durante sua permanência na Rússia, o barão naturalizou-se e adotou o nome "Grigori Ivanovitch Langsdorff", pelo qual passou a ser chamado. Voltou ao Brasil em 1813 como cônsul-geral no Rio de Janeiro, por indicação do tsar Alexandre I.

O barão chegou ao Brasil cheio de planos; comprou uma fazenda nos arredores do Rio de Janeiro, a fazenda Mandioca, e começou a organizar uma grande expedição pelo interior do país para pesquisar as riquezas naturais e estudar as populações locais.

Langsdorff voltou à Rússia em 1821 e convenceu o tsar Alexandre I a financiar uma nova expedição, a qual só foi possível graças ao apoio de José Bonifácio de Andrada e Silva.

Após um longo preparativo e a construção, em Porto Feliz (SP), de sete canoas de tronco único, duas com mais de vinte metros de comprimento, a expedição comandada pelo nobre russo entrou no rio Tietê em 22 de junho de 1826, seguindo pelos rios Paraná, Pardo, Coxim, Taquari, Paraguai, São Lourenço e Cuiabá, aonde, após inúmeras peripécias, chegou em 30 de janeiro de 1827. O renomado pintor Johann Moritz Rugendas, encarregado da cobertura artística da expedição, se desentendeu com o barão e abandonou a expedição, sendo substituído por Aimé-Adrien Taunay, como primeiro desenhista, e outro jovem francês, Antoine Hercule Romuald Florence, como segundo desenhista.

Em Cuiabá, a expedição se dividiu em dois grupos. O barão seguiu com Florence e Nestor Rubtsov, astrônomo da expedição, e parte do grupo pelos rios Preto, Arinos, Juruena e Tapajós, enquanto Taunay, que também veio a se indispor com o barão, seguiu com o botânico Ludwig Riedel e a outra parte do grupo pelos rios Guaporé, Mamoré e Madeira. Os dois grupos deveriam se encontrar em Santarém e depois subir o Amazonas, o Negro e o Orenoco, chegando a Caracas. Porém, na altura do Salto Augusto, no rio Juruena, o barão e Rubtsov adoeceram gravemente e foram transportados o mais rápido possível até o Amazonas, onde a expedição foi abortada.

Riedel chegou quatro meses depois, também doente, e relatou o trágico acidente da morte de Aimé-Adrien Taunay, em 5 de janeiro de 1828, com apenas 24 anos. Segundo ele, irritado com a demora de um barqueiro que faria a travessia do Guaporé para levar parte da expedição a Vila Bela, o impaciente Adrien lançou-se ao rio com seu cavalo. Subestimando a força das águas, não resistiu ao peso das botas e roupas encharcadas, sendo arrastado pela correnteza. O corpo só foi resgatado rio abaixo na manhã seguinte, enroscado em uma galhada em estado lastimável, o rosto parcialmente comido, faltando a mão esquerda.

O barão Langsdorff perdeu a memória; considerado louco pelos companheiros, foi despachado em um navio para o Rio de Janeiro, aonde chegou em 13 de março de 1829. Voltou para a Europa e sobreviveu precariamente por vários anos, esquecido completamente de suas atividades no Brasil. Riedel continuou a viagem até o Amazonas e ao final voltou ao Rio de Janeiro, onde se radicou e assumiu a direção do Jardim Botânico. Florence teve uma vida ativa, recebendo distinções e participando de forma decisiva no desenvolvimento da fotografia; faleceu em Campinas, São Paulo, em 27 de março de 1879.

Foram esses relatos que entusiasmaram ainda mais Tinoco Sucupyra a realizar a sonhada viagem — a oportunidade de revisitar paisagens e sítios por onde passaram grandes aventureiros e naturalistas, sentir-se um deles. De posse dessas informações, procurou antigos moradores de Vila Bela da Santíssima Trindade que tivessem tido algum contato, ainda que remoto, com a expedição do barão russo e do pintor francês afogado. Não teve sorte. O morador mais velho, cujo pai ou avô poderiam ter ciência da expedição, já não falava coisa com coisa. Não querendo perder mais tempo, Tinoco embarcou em sua canoa no dia seguinte, após tomar um gole de canjinjin para dar sorte.

3

Sempre pensara em ir
caminho do mar.
Para os bichos e rios
nascer já é caminhar.
Eu não sei o que os rios
têm de homem do mar;
sei que se sente o mesmo
e exigente chamar.

João Cabral de Melo Neto

Antônio Sucupyra, Tinoco de alcunha, magro e meio vergado nos seus quase dois metros, pele craquelada por muitos sóis, cabelos encaracolados emendando na barba branca e desgrenhada, olhos cor de não sei quê, espremidos entre pálpebras semicerradas, já ia avançado nos sessenta quando se decidiu pelo rio Guaporé. Formado em História Natural, passara boa parte da vida dando aulas de Biologia em um ginásio em Jaboticabal. Interessado em canoas desde pequeno, primeiro uma improvisada, de tábuas, feita pelo tio Chico, canoou nos rios da meninice, interior de São Paulo, ribeirão da Onça, corgo Rico, Mogi Guaçu, Sapucaí, Pardo...; depois, férias e feriados, um pouco mais longe, em canoa leve de tirinhas de madeira coladas pelo mestre Salvador Garcia. Aposentado, passou a se aventurar em rios do Brasil Central e do Norte, que os mais próximos foram invadidos por fazendas de laranja, canaviais, catinga de garapão mijado pelas usinas de açúcar, as águas pesadas do barro assoreado, ranchos de pesca arrasando as matas ciliares, voadeiras zanzando a montante e jusante em balbúrdia de barulheira e fumaças; bichos, que sobreviveram, vasqueiros, amoitados, uma tristeza. Começou remando com alguns amigos, pescadores-caçadores, em geral cachaceiros chegados numa erva, o que não lhe agradava, refiro-me à caça e à pesca devido, talvez, à formação de naturalista. Caçar já não caçava desde a adolescência e pescar, aos poucos, foi perdendo a vontade após fisgar um armal no rio Javaés, "abotoado", como chamam no Tocantins. Ao abocanhar um lambari o dito peixe foi surpreendido ao se ver puxado por uma linha e sentir que o rio saía dele, imaginou Tinoco. Bailando no ar chegou às mãos do pescador trêmulo e chorando como um condenado ao cadafalso (só quem conhece sabe que o abotoado chora de verdade). Tinoco tirou o anzol com muita dificuldade, escalavrando a mão no corpo escorregadio recoberto de espinhos retrorsos, terríveis; coçou a cabeça, olhou para o peixe que chorava como criança desmamada; soltou, encarando ofensas dos companheiros. Desde então deu pra sentir uma agonia ao ver um peixe desesperado tentando escapar da farpa de anzol enfincado no céu da boca, ou varando um olho, enquanto o pescador, de "pesca esportiva", encolhe a barriga para a foto, vaidoso, fosse grande façanha. Não se cansava de dizer que pesca era uma artimanha pra pegar quem está com fome. Fosse competição justa, fome contra fome, tudo bem. Agora, por esporte, pegar e soltar é covardia: um bem alimentado, outro faminto; um se divertindo, outro a caminho do sofrimento ou da frigideira. Amigos balançavam a cabeça: caso perdido.

Deixou de pescar regularmente, embora ainda comesse peixes pegos pelos companheiros; mesmo assim, dentre os itens obrigatórios na lista de cada aventura incluía uma tralha mínima de pesca como equipamento de sobrevivência, último caso, pois canoas viram e nem sempre se recuperam os víveres; e de fome também se morre, já dizia o marechal Rondon ao presidente Roosevelt. Às gozações dos pescadores inveterados:

— Experimente você enganchar um anzol na bochecha de seu filho, ou seu cachorro, que seja, e arrastá-lo; peixe tem sistema nervoso avançado, sofre como a gente, é filho de Deus e se duvidar tem até alma — falava, quase sério.

Com o tempo foi-se entocando, alheio às aparências, barba e cabelo ao natural que ele mesmo cortava quando começava a incomodar, "ficando velho", dizia, e assumia sua casmurrice como um santo Antão das brenhas curtindo sua sozinhez.

— Cheguei a este mundo muito atrasado, deveria ter nascido bem antes. Quero é me entranhar em territórios ainda bravados, passar além de minha Taprobana com minha canoinha, sete côvados e meio —, tinha o vezo de responder; se perguntado, "quinze pés", explicava aos que franziam a testa;

leve e maneira pra poder arrastar pelas margens, contornar cachoeiras.

Apreciava a sensação de autonomia que este tipo de aventura lhe dava, capaz de viver, ou sobreviver, mínimo de recursos e modernidades; um afastamento do mundo, sem ninguém a lhe exigir nada, nem ele exigir de ninguém. Fugir dos barulhos, da poluição e das companhias não apreciadas.

O prazer simples, e ao mesmo tempo complexo de remar, a pá do remo enrugando a pele fina e esverdeada da água, o ritmo cadenciado das remadas, de um lado e de outro, tefe-tefe; o deslizar requebrante e sutil da canoa em atrito reduzido, obedecendo aos comandos do remador, fossem o remo e a canoa partes do próprio corpo dele. Água lambendo o casco, o rio-vereda rasgando a mata em traçado serpenteante pelas curvas de nível, a vegetação das margens em multiversas formas e tons de verdes inimagináveis a passar como um filme em câmera lenta dum lado e doutro, a canoa no meio do rio, ele na canoa, ele no meio do rio, protagonista em epifania, elemento da paisagem; o vento no rosto, a quentura do sol nos ombros, os bichos que ia encontrando pelo caminho, nos barrancos, praias, nos aguaçais dos brejais, correndo, voando, nadando, canoa escorregando em deliciosa e silente fruição; alheamento.

O prazer de se sentir um velho quase autossuficiente — se vangloriava como se fosse grande vantagem; a vida frugal em parceria com a naturaleza; o respeito aos outros viventes, notórios ou só visíveis a olhos experimentados, ouvíveis a ouvidos atentos, imagináveis a mentes abertas. E os acampamentos em praias sem rastros de botas; uma pegada de onça, capivara, anta, "esta?, deve ser de mão-pelada; um quati passou por aqui"; o rastro característico dum jacaré-açu, deduzia pela profundidade das marcas das unhas na areia e o arrasto da cauda; e o ar doce de cheiros de matos e brejos e a luz na medida certa, só pro necessário, que se deita e se acorda cedo no ritmo do planeta em sua viagem pelo espaço: lanterna só em emergências; e as estrelas, e vaga-lumes a vagar no breu; e o nascer do sol no horizonte azul-esverdeado morrendo em laranja-madura; e o banho em pelo em água corrente; e o pé descalço na areia macia; e os ruídos da mata e das águas e o se dar conta da vida em plenitude; o silêncio de humanos barulhos. Ah, o tipo de silêncio que tanto apreciava. "Tem coisas", costumava falar se alguém perguntava o porquê dessas aventuras, "que um só pode ver quando está numa canoa a remo; tem outras que só um naturalista, seringueiro ou mateiro vivido conseguem perceber; coisas que os mortais comuns, cegos e analfabetos das outras vidas em derredor sequer desconfiam da existência de tantos seres, vivos como eles, conterrâneos dum mesmo planeta, a viajar sem passaportes (*il n'y a pas d'étranger dan cette planète*). Esses pobres macacos barbeados passam com olhos de enxergar, olham, mas não veem, imagens sem significado, coisas sem alma; gentes para quem um capão de mato não passa de um borrão verde, aglomerado de árvores; gentes para as quais toda árvore é apenas um tronco, galhos e folhas a vegetarem; gentes para as quais um animal é apenas um bicho, como se bichos não fossem gentes também; gentes que entram na intimidade de um rio sem pedir permissão, sem respeito, como se fosse apenas água física, moléculas de água amontoadas a correr espremidas entre duas margens, simples veredas pra se partir e chegar, água para lavar e beber, pescar e jogar lixo; cegos de olhos sãos." Duvidava que os olhos desses seres egoístas vissem o que os seus lhe mostravam; descuriosos, não viam com os olhos de se importar, só viam o que lhes podia trazer algum proveito, a fruta que é de comer, a ave que é de caçar, o peixe que é de pescar, o mundo à disposição; seres preconceituosos que se sentem incomodados com outros passageiros deste planeta como se fossem de segunda classe: a erva "daninha", o inseto "asqueroso", o réptil "perigoso", a bactéria "malfazeja"...; cumprem seus trajetos alheios aos copassageiros, ignorantes de que estão no mesmo barco, pagaram suas passagens. Soubessem não pisariam distraídos sobre as ervas e musgos e liquens e fungos que enfeitam os caminhos e nos outros seres discretos que caminham e rastejam pelo chão atarefados em suas fainas diárias, sem falar nos invisíveis a olhos desarmados, menos conspícuos, pelo tamanho, não pela importância.

Tinoco, naturalista treinado, não via só com os olhos do rosto, mas também com os do conhecimento, sabedor de que não é só o que nossos pobres sentidos sentem que existe e importa; mesmo sem suas lentes de aumento adivinhava algas sutis e protistas invisíveis a olho nu que nadavam em cada gota de água dos charcos, o lodo vivo, não uma massa de sedimentos inertes; seres tão diminutos e tão belos como as mais finas joias quando observados ao microscópio. "No fundo o que se vê depende do que se sabe, se aprendeu", ensinava a seus alunos. "Em nossa agnosia cada um vê diferente. Mas eu, quando me pego matejando ou me atolo nos brejais, nos alagadiços de um rio, saio de mim, deixo de ser aquele por quem me tomam, viro aprendiz dos tempos longínquos da meninice e vejo, com os olhos de dentro, coisas incríveis, e tento entender as tramas e relações entre as mais diversas formas de vida, os intricados vínculos entre seres de todos os tipos e tamanhos. Às vezes exagero e chego a pensar que virei um animista e cogito até de divindades da natureza, reconhecendo *kamis* como um xinto-ísta convicto. Outras vezes acho que minh'alma pende para o panteísmo, sem nunca saber no que realmente acredito, o que quero para os dias contados que nunca saberei quantos são; qual caminho seguir neste tempo que me resta", — analisava-se Antônio Sucupyra na solidão da barraca, a fogueira apagada, no aguardo do sono.

4

O Guaporé, em sua viagem para o norte rumo ao Mamoré, ora se espreguiça nos remansos das planuras em que meandra insinuosamente, ora dispara nas corredeiras das baixadas onde assopra vapores com pressa de trem atrasado quando não se despenha em cachoeiras estrepitosas. Segue o sulco traçado pelo arado de um gigante. Como todo rio, água grande que escorre, ao longo do tempo vai mudando seu traçado em busca de rotas mais favoráveis, deixando vestígios de cursos pretéritos que persistem, meio assoreados, como braços mortos e lagos em forma de meia-lua que os locais chamam baías; áreas de sedimentação quase sempre com águas de um verde antigo, bordejadas por vegetação brejosa que abriga fauna e flora peculiares.

De carona nessas águas assim também vazava sêo Tinoco Sucupyra vogando rio abaixo em deleite com o cenário geral e seus protagonistas, as plantas e os bichos, velhos conhecidos de vista própria ou estudados em preciosos manuais, reconhecendo vozes e por vezes também falando; olhando tudo, ouvindo tudo, cheirando tudo. A paisagem passando como as páginas de um livro viradas pelos ventos viajantes e tudo que dela faz parte e que só os convertidos conseguem ver.

Cansado, Tinoco acampava antes de o sol se recolher, assim indo, dia empós dia, sem encontrar vivalmas de humanos, que de outros seres muitas havia penduradas pela ramagem das matas ribeirinhas. Antes de armar acampamento pesquisava rastros e pegadas para não ser surpreendido nas tenebras das horas tardias por algum morador ofendido com sua presença; guardar distância do carreiro de formigas cabeçudas, se afastar de covas de jararacas e suas parentes. Local escolhido, barraca montada, fogueira acesa, rango preparado na trempe, talagada com gota pro santo; forrava o estômago, acendia o pito e anotava em caderno de capa dura, a lápis bem apontado, vezo de naturalista, observações do dia, geografia das margens, afluentes, plantas, liquens, cogumelos e animais que lhe chamaram a atenção. Dormia nos crepúsculos noturnos, anunciados por curiangos e urutaus; acordava nos crepúsculos matinais, prenunciados por saracuras e ciganas. Dias se sucedendo enfileirados, tudo nos conformes do planejado, só uma dorzinha no corpo curada com cachaça mineira e canjinjin, quando necessário, e fumo de Arapiraca pra espantar muriçocas e assombrações, remédio pra alma. E assim foi passando curvas e corredeiras e estirões ensolarados ou chuviscosos, acampando ora em praias brancas enfeitadas por nuvens de borboletas cor de banana madura, banana de vez ou banana verde; ora pendurando sua rede nas úmbrias das matas; vencendo toesas que somavam léguas, rumo a destino estipulado, mais como limite, não como objetivo, que este era remar em solidão, o canoar por canoar.

Foi numa tarde, já titubeante, as sombras se alongando para o amarelo do nascente, quase uma hora assuntando lugar bom pra acampar, fome batendo, remo pesando, que Tinoco se deu conta de que cavoucava filosofias vãs sobre suas aventuras em canoa. Não gostava de reclamar, mas, nesse dia, sol arregaçado, vento aproado quando o rio virava pro nordeste, alísios batendo, parecia remar contra a correnteza. O ombro esquerdo iniciava a reclamação de todo fim de dia, mutucas insistentes zumbindo fomes antigas, ainda mais incomodado por um moscardo verde-metálico que zunia como um possesso ao redor da sua cabeça; blasfemou, ofendeu, e tentando acertar uma remada no inseto insolente quase virou a canoa. Calmou e aos poucos foi se desirritando, ao entender que o verde-metálico zunente devia estar em seu pleno direito. Era ele o estrangeiro naquele território. E sem passaporte. Talvez por ler seu pensamento, o moscão resolveu tomar outro rumo e cuidar de seus afazeres de díptero levando seu bzzz para outras paragens.

Tinoco cansava a vista numa margem e noutra, caçando lugar mais acessível para encostar a canoa e acampar: numa margem, barrancos inaportáveis, noutra, brejos sem fim. Mirava longe, remando oeste, aba do chapéu abaixada pra enfrentar os últimos raios de sol refletidos no espelho d'água, olhos semicerrados; impacientava-se, fome e cansaço. Depois daquela curva deve haver um espraiado; passava a curva, não tinha. Talvez na próxima. Não tinha. Na seguinte, ainda não tinha... Até que, passando leve corredeira, avistou, na margem direita, silhueta de árvore altaneira sobressaindo da vegetação ribeirinha, meio desbastada; fuste ereto e liso de quem cresceu na sombra de mata densa na competição permanente pela luz do sol. Deve ter crescido esguia até suas folhas acobreadas atingirem a luz plena e se esbaldarem em copa magnífica, sombreando as circundantes. A árvore, um senhor visgueiro, ou rabo-de-arara (lembrou-se das aulas de botânica: *Parkia pendula*, uma *Mimosaceae*).

— Sim senhor. — Há quanto não via exemplar desta majestade! Vontade até de cumprimentar: — Sim senhor!

Em sua sombra parecia haver uma construção. — Sim, uma casa. Arre! —, falou pras suas lombrigas. Apesar da construção, seus sensores não detectavam sinais de atividade humana recente nos arredores, apenas restos de queimada e de uma roça havia muito abandonada.

— Bom demais. Já era hora — falou-se.

Valeu ter persistido mais um pouco. Pensou se não seria este o local da tragédia a que se referiu o quitandeiro Melquíades quando passou por Vila Bela; bem que podia ser.

Encostou a canoa cuidadosamente, varrendo o visível com olhos de inquirição. Por se acaso, soltou um "ó de casa" antes de desembarcar, primeiro à meia-voz, depois mais alto, respondido por um eco abafado e o grasnar de um jacu-piranga que voou desajeitado para uma embaubeira. Nenhum ladrido a denunciar viventes. Desembarcou apoiando-se no cabo do remo. Joelhos estalaram ao esticar das pernas. Alongou braços cansados, descarregou a tralha, arrastou a canoa pra local seguro, mais cansado do que imaginava. Vestígios antigos de ocupação, casinha meio destruída pelo tempo e ampla área do que fora um terreiro, agora retomado pela vegetação ripária; mais pra cima restos do que devia ter sido um mangueirão. Da casa, olhando-se para o outro lado do rio, se descortinava ondulante mataria verde-escura, quase azulada, a perder de vista; ao fundo um chapadão fechava o horizonte. Cauteloso, gritou mais um "ó de casa" e foi chegando meio ressabiado pois nestes ermos, visita inesperada..., nunca se sabe. Uma cruz tosca chamou sua atenção; de paus roliços amarrados com cipó fino, incrustada por liquens coloridos e urupês sulfurinos como orelhas fossilizadas; de entremeio, denotando a passagem do tempo, galerias de cupim roíam o cerne, já ocado.

A cruz, mau agouro para acampamento em final de dia. Desistiu de procurar outro local pela canseira e adiantado da hora. Resolveu dar uma olhada na casa; talvez desse pra usar apenas o saco de dormir sem ter que montar a barraca, trabalheira a menos pra quem tá cansado, todo dia essa faina de monta-desmonta...

Espiou pela porta semiaberta. A poeira finíssima suspensa no ar se desvelava nas réstias de sol que vazavam pelas frinchas do telhado de palha e pelas paredes já cariadas. Entrou com passos cautelosos de jabuti, cuidado e respeito, como pisasse terreno minado, território de surucucus, sabia. A casa devia estar abandonada há bom tempo, embora ainda guardasse vestígios dos antigos moradores, estrados de camas, mesa roída de cupim, cadeiras quebradas onde aranhas teciam armadilhas. Pendurada num prego no esteio central do que fora uma cozinha, uma folhinha-calendário, dessas de farmácia, com a mensagem "Se é Bayer, é bom", meio embolorada; imagem de São Jorge, cavalo alvo, empinado, espetando a lança num pobre dragão que exalava labareda descorada; o mês, abril, o ano... Num esteio da casa o facho da lanterna bateu em duas brasas — um bacurau com conjuntivite. Desistiu de dormir na casa quando, ao entrar no outro cômodo, um magote de morcegos saiu em voo azafamado, quase relando suas orelhas. Surpresa não, já sentia o cheiro enjoativo das fezes; catalogou que não seria um *Desmodus rotundus* ou *Vampyrum spectrum*, espécies sanguívoras, a inspirar maiores cuidados; em *Quiróptera* não era versado, mas lhe pareceu uma espécie de *Diclidurus*, grupo insetívoro. Embora tivesse certa simpatia por esses ratos voadores, que enxergam pelos ouvidos, colega seu pegou toxoplasmose ao dormir em casa abandonada no Tocantins. Além disso já estava mantendo seu anjo da guarda bastante ocupado nessa expedição solitária e um pouco de precaução não seria demais. Mas isto não tem importância, pensou.

Andou cuidadosamente pela casa conjecturando quem havia morado ali. Pelas instalações, uma família, três cômodos; no meio, entre dois quartos, um acanho do que fora uma cozinha ornada de picumãs, restos de cinza e carvão. Que família teria morado ali? Como criar filhos, entreter uma mulher, em tal isolamento?

Mais lhe intrigava a razão da cruz, certamente motivo de abandono do lugar, crime, surucucu, pintada, maleita terçã, o causo contado pelo vendedor de canjinjin?...

Da sombra do visgueiro, aprazível, reclamar não podia; o rio se espraiava remansoso, jenipapos carregados de bagas suculentas recobertas de camurça a desprender odor pungente; no ponto para a pesca de pacus, o que lhe fez lembrar da adolescência, quando pescava no Mogi Guaçu com tio Chico. Incrível como odores se associam a paisagens da memória — foi o que lhe veio à mente. Ingás e sangras-d'água se debruçavam da ribança, quase encostando a folhagem na água. Delineavam a clareira frondosas copaíbas a ofertarem seu óleo medicinal de muitas utilidades aos iniciados em medicina cabocla; jatobás vetustos e xixás se equilibrando sobre amplas sapopemas formavam como que o cortinado dum grande anfiteatro voltado para o palco, o rio. Na floração, o visgueiro estaria enfeitado com suas bolotas cor de semente de romã, rubicundas, uma lindeza devia de ser...; fosse época, assaria umas castanhas de xixá, que tanto apreciava. Mas tinha algo sinistro, indefinido, a cruz, talvez...; não fosse, seria um bom lugar pra descansar uns dois dias, ler o livro do Alcides Laffranchi sobre as barrancas do Paraná, que ainda não passara do primeiro capítulo, massagear os músculos doloridos. Bem que precisava dum descanso, secar a barraca, as roupas; ficaria bem um par de dias descansando, organizando as anotações, recuperando o esqueleto. Como dito, tinha por rotina anotar no caderno de capa dura as coisas que mais lhe haviam chamado a atenção nos acontecimentos do dia, sabedor de que a máquina da memória é enganosa, sujeita a filtros e vícios, sistema não confiável como arquivo, ainda mais na idade em que estava. Deixou as anotações para o dia seguinte que a luz já se retirava, refreando sua mania de escrevinhador em busca de justificativas para seus escritos: alguém, um neto, talvez, poderia ter curiosidade sobre suas aventuras, ou pelo menos suas notas ajudariam no planejamento de futuros aventureiros, ou ele mesmo as leria quando já não pudesse mais remar, ou... simples vício.

Na margem oposta à área desmatada onde se encontrava a casa, uma vereda de indefectíveis buritis debruçava cascatas de frutos, as escamas envernizadas, em tentação explícita a cutias incautas.

Tinoco inspecionou os arredores analisando pegadas e excrementos para não ser surpreendido por frequentadores noturnos e não achou nada preocupante além da fauna ribeirinha. Resolveu montar a barraca mais afastada da casa, sob o visgueiro, felizmente sem frutos, pois sabia de uma quase fatídica expedição ao rio Aquidauana, que suas vagens têm um visgo melequento que gruda como cola-tudo, danificando a barraca, daí o nome da tal árvore. Fatídica, naquela ocasião, não pelo visgueiro, mas pela visita de três vaqueiros, montados em burros de porte; apareceram de supetão no acampamento, armados de Winchesters 44; não desceram das montarias, disseram nadas mas olharam tudo como se estivessem medindo os quatro canoeiros e suas tralhas. Viraram nos cascos após o mais respeitável dos remadores, com a maior humildade, chapéu na mão, explicar que sairiam dia seguinte de madrugada, e pararam porque anoitecia, e estavam cansados, e não encontraram ninguém pra pedir autorização pra acampar. Saíram sem apear, dizer que sim, que não. Estórias de canoagens passadas.

Tinoco ajuntou uns galhos, capim seco, acendeu, inflou as bochechas para atiçar a chama titubeante até ela ganhar força e se propagar por conta própria; preparou o de comer; depois abriu a cadeira de lona, conforto indispensável que há tempos fazia parte da tralha básica da canoa, esticou as pernas. Brasa no cachimbo pra acalmar a alma e espantar muriçocas;

baforou um pouco, e ficou vigiando a noite chegar. Na paz dos músculos cansados pairava um incômodo que não sabia definir.

A noite caiu com leve friaca; achegou a cadeira ao fogo e ficou observando as fagulhas a pirilampar um balé estranho, grafitando a escuridão com riscos interrompidos de luz. Pensabundo, entrou em cismação — quem vivido ali, tão isolado de tudo, que ossos sob aquela cruz? — Seus olhos refletindo o brilho da fogueira das labaredas alegres que lambiam a lenha como um tamanduá passando a língua pelo formigueiro. No vórtice do fogo um galho ainda meio verde babava uma resina cor de sangue, e gemia. Começou a ver o fogo como algo mágico, vivo; fosse o gênio da lâmpada, a alegria da energia alforriada, luz do sol finalmente liberta após tanto tempo aprisionada nas grades de celulose dos troncos; imaginou o gás carbônico se libertando e subindo para os céus, tentando escapar de estômatos boquiabertos e da avidez das clorofilas famintas de carbono. Moléculas de CO_2 finalmente soltas e leves para novas aventuras a viajar na atmosfera vibrante de ventos... Sua mente, em longos e confusos pensamentos de química e poesia, voava... Pensou que também ele não passava de um arranjo singular de moléculas que mais dias se libertariam das estruturas rígidas de seu corpo e cairiam na orgia libertária da entropia.

Friozinho batia, fogo minguava sonolento, aos poucos adormecendo em brasas recobertas por um rendilhado delicado de cinzas. Também ele se pegou cabeceando, pálpebras chumbadas. Olhou pro céu e viu o Escorpião se erguendo num azul abissal, quase negro. Parecia que o olho avermelhado de Antares o estava vigiando. Uma estranhez, um espocar de memórias arcanas. O local tinha algo indefinível, uma obsedante presença parecia se esconder nas sombras do visgueiro. Acreditasse em almas penadas acabaria vendo alguma flutuando pela cumeeira da casa. Solidão no meio da naturaleza dá nisso, excogitou: aumenta nossa sensibilidade, muda nossa percepção das coisas ao redor. Acura tanto nossos sentidos que chegamos a ver, ouvir, cheirar nuances que nos escapam na rotina do dia a dia, por imateriais, talvez..., ou seria o trago extra de cachaça?

Desquieto. Era noite de Escorpião nas alturas... Melhor entrar na barraca e fugir dos olhares furtivos dos seres noturnos, que ele não via, mas sabia que era visto, e também dos pernilongos que não davam trégua, saudosos de linfa e hemácias humanas. Deixou o cachimbo apagar; não gostava de cachimbar no breu, sem ver a fumaça azul, e dentro da barraca era perigoso. Estirado no leito duro, mãos cruzadas sob a cabeça, tentava distinguir os sons da noite, o relaxar do corpo. A escuridão adensada pela sombra do visgueiro metia respeito. Pensava na cruz. Devia guardar uma história, como todas. O esquartejamento do retireiro, como lhe contaram em Vila Bela? Gostava de colecionar relatos para lembrar depois, um livro, talvez; logo passaria da fase de planejamentos e esperança de aventuras e entraria no ócio forçado. Era preciso acumular lembranças para enfrentar os anos sem canoagens que se aproximavam, uma forma de reviver. Adormeceu. Sono aos golinhos, interrompido por piar soturno, compassado, mãe-da-lua, decerto. Despertou agitado, parecia ouvir soluços; vislumbrava relâmpagos de fogo-fátuo na escuridão das retinas. Deitou de lado, orelha apoiada no fino saco de dormir junto ao solo, sentiu como que um tremor, passos pesados perto da barraca, arrepio percorreu sua espinha, assustado tateou em busca da lanterna, mas logo ouviu os tchibuns de dois corpos caindo n'água, a volta do silêncio. Antas, só podia. Aliviado por ter identificado o barulho. É, estava ficando medroso, e velho. Tentou dormir. Precisava acordar bem no dia seguinte, desistiu de ficar mais tempo neste lugar. Não encontrava posição, virava dum lado proutro. Noite arrastada, em sobressaltos, um pesadelo emendado noutro. Ouvia um barco subindo o rio, choro de criança? Alguém tossia? Uma tristeza sem causas o levou a matutar quanto ainda faltava para chegar ao destino. Estava ficando velho, é claro. Percebia sinais. Seu corpo já não era o mesmo. Encontraria algum pouso dali pra frente?, ribeirinho, rancho de beiradeiro fugindo do mundo? Ou índios?, terra de parecis e cintas-largas. Evitava encontros com índios; até gostava, tinha curiosidade, mas eles tinham um sentido diferente de propriedade; melhor evitar, não tinha nada em excesso para escambar. Teve que admitir, sentia falta de conversar com alguém mais loquaz que a canoa, os bichos, as plantas, exagerara no percurso, longo; já não era o mesmo. Vir só não fora decisão sensata, achou, pela primeira vez. Amigos tinham razão. Mas isto não tem importância... Agora era seguir com o plano, amanhã, sol raiado, café quente, estaria mais animado.

Acordou do cochilo leve com uma assoprada e um barulho estranho de algo se esfregando na tela da barraca. — Caramba, isso agora. Que lugar! — Assustado, tateou em busca do velho

32 que fora de seu pai. Engatilhou, abriu um pouco o zíper da barraca. Na vaga luz morrente de uma lua cansada uma vaca magra, o ubre estufando tetas túrgidas, lambia o orvalho da lona. Afastou-se assoprando e, andando de banda tão assustada quanto ele, entrou na mata com um mugido rouco.

Tentou dormir mais um pouco, sono agitado, barulhos da noite, sonhou que saiu da barraca com sua lanterninha de cabeça e quase foi comido por uma planta carnívora que o confundiu com um vaga-lume — não comeu porque não cabia na jarra da boca dela. Acordou assustado com gritos de uma saracura aflita revoltada com o rasante de um gavião-pega-pinto. Clarejava. Um incômodo inexplicável, uma sede de ressaca. O exagero na cachaça e as cachimbadas a mais da noite anterior, talvez, ou... Saiu da barraca pisando em um amontoado de azeitonas verdes, lembrança de uma capivara que por ali passara durante a noite. Riu de seu descuido. Ficando velho mesmo, fosse jararaca...

A noite tenebrosa, prenhe de mistérios, tinha passado. Mistérios que foram se desvanecendo à medida que a luz ganhava momento, pincelando de cores ligeiras o cinza do lusco-fusco. O Guaporé bocejava, coberto por uma brumazinha preguiçosa, o sol ainda pálido tentava varar a neblina da manhã. Reavivou as brasas da fogueira, aqueceu água, café ralo, biscoitos ressecados, comeu a última banana-passa e se deu conta de que errara no cálculo das rações, progresso mais lento do que imaginara, relevara o vento de proa. Não tinha jeito, ia ter que pescar. Desistiu de ficar acampado por mais um dia que fosse, o local tinha um peso, algo que não sabia definir; faria uma parada mais para baixo, precisava descansar, pôr a tralha em ordem. Enxugou o sereno empoçado sobre a barraca, desmontou acampamento, desceu para o rio.

Ao arrastar a canoa para a praia ficou cabreiro ao reconhecer rastros de pés descalços na areia molhada, "Caramba, só me faltava essa"; pegadas iam e voltavam; duas pessoas (presumiu pelo tamanho dos pés) tinham pisado por ali havia não muito tempo. Pegadas frescas, feitas na madrugada, tinha certeza, algumas sobrepostas às de seu borzeguim, comprovando que não estavam lá quando chegara no dia anterior. Não conseguiu seguir as pegadas fora da praia, no chão batido, saber se chegaram até à barraca ou entraram na casa; checou a tralha, não deu falta de nada. Notou ainda marcas que poderiam ter sido feitas pela proa de uma canoa que ali aportara. Afora o barulho das antas, o susto da vaca e os pios de aves noturnas não ouvira nada. Vasculhou todos os lados com o radar de seus olhos, ouvidos antenados... mas só ouvia um jaó que ameigava o canto chamando insistentemente a namorada, já-já-jaooh! Tinha sido visitado durante a madrugada, não havia dúvida. Quens? A tosse que ouvira não fora sonho? As antas não eram... Cismático, apressou-se em drenar a água acumulada na canoa, arrumou a tralha às pressas, sair dali o quanto antes.

Começou remando manso, quase sorrateiramente pra não acordar os maus espíritos do lugar. Saiu de fininho, perseguido pela sensação de estar sendo observado. Nervoso, buscava devassar a ramagem da vegetação ciliar. Sentia o peso de olhares. Percebeu um movimento sutil agitar a canarana. Um bicho qualquer, ou... a cada pouco olhava pra trás. Logo que completou a primeira curva e perdeu o casebre de vista passou a fincar forte o remo na água sem se importar com o barulho dos rebojos, canoa comendo água como nunca, bigode na proa, se afastar logo daquele lugar meio assombrado que lhe causara um mal-estar desexplicado. Os amigos tinham razão. Remou forte. Horas de longos e muitos minutos. Foi acalmando. Bobeiras, cansaço. Tino falhando? Mulher estava certa, pra tudo há uma hora de apear... Mas isso não tinha importância, circunstâncias.

As sombras se esticando, umas quatro da tarde, calculou. Parou na boca de um canal rodeado por taboas e outras plantas de brejo por onde esgueirou a canoa na esperança de chegar a um alagado e pescar um tucunaré pro jantar, necessidade de proteína fresca; teve que sentar à proa e abrir caminho facãozando à esquerdireita e quase virou a canoa quando a lâmina tocou em um jacaré disfarçado sob a vegetação; rabanada espirrou água pra todo lado, coração disparado, respirou fundo até as pulsações voltarem ao normal, irritado por ter-se assustado por uma bobagem; cada pequeno incidente agora parecia um fim de mundo. É, tava ficando...

Varando a vegetação flutuante deu em baía coalhada de plantas aquáticas como nunca vira: aguapés com suas flores azúreas, ninfeias roseadas e amarelícias, vitórias bastante régias, miriofilos de folhas filigranadas, alfaces-d'água de folhas aveludadas, algas em cabeleiras citrinas e esmeraldinas, e tantas ervas, inclusive de-rato e santa-rita.

— Deus é grande e gosta de biodiversidade — falou baixinho no ouvido de seu umbigo.

Poitou, fez uns lançamentos com isca artificial, mas os tucunarés, vasqueiros e velhacos, queriam tuviras ou não estavam com fome. Pegou uma traíra, pequena, soltou, voltou ao rio, já meio cansado e arrependido. Perdera a manha de pescar, e mais, perdera tempo, o sol descambava e avermelhava o horizonte. Seguia viagem quando grunhidos agudos chamaram sua atenção. Num pequeno platô, na margem baixa, uma ariranha e um filhote saíram da água com um belo mandibé, que ainda se debatia; encostou, gritando e brandindo o remo, pularam n'água, e ele embarcou o jantar, um pouco constrangido pela audácia, esperteza de vereador, achou-se — é, a gente se surpreende, não sabe do que é capaz. Circunstância. Tem circunstâncias!, falou-se.

Urgia local para aportar e passar mais uma noite. Aumentou o ritmo das remadas e ia nisso quando:

— Meu Deus, parece que ouvi um galo? Latidos? Sim, latidos! — Ouviu, com alegria preocupada; humanos na vizinhança, índios talvez. Seja. Cansado...

Não demorou, avistou área descampada na margem direita, onde as águas do Guaporé penetravam em larga língua e se espraiavam em remanso acolhedor; um terreno aplainado, uma casa grande, atrás o arruado do casario decadente das casas dos colonos ainda resistia. "Alvíssaras, uma fazenda!" falou pra canoa, tão cansada como ele, supunha. Dois portentosos jatobazeiros se destacavam na paisagem, sentinelas sobranceiras encarando um ao outro, confidentes testemunhas da mata dantes; e uma ceiba, grossura de fazer inveja a um jequitibá-rosa, soltava chumaços de algodão que bailavam no ar imunes à força de gravidade, numa ânsia de formar nuvens.

Arribou, puxou a canoa para a praia, bateu palmas:

— Ó de casa!

Vira-lata malhada se aproximou com latido medroso balangando o rabo amistosamente. Gritou novamente... Um preto velho apontou no alto e desceu a ribanceira num andar cambaio, arrastando uma perna e seus pensamentos; descia desaprumado e arrimava sua magreza num cajado de taquara, enquanto praguejava em termos raros a cada irregularidade do terreno. Clavículas arqueadas pra frente, rosto meio escaleno; no queixo anguloso barba intonsa, amarelo-encardida de sarros antigos, carapinha de paina vazando do chapéu em ruínas, marcas de vitiligo nas mãos sarapintadas e arrodeando os olhos como se estivesse trocando de pele; aparência meio fantasmagórica não fosse o ar tranquilo e curioso com que seu corpo todo sorria para a visita inesperada.

— Possa passar, sêo moço, Virgínio Barreto. — Numa voz antiga e alquebrada se apresentou. Dedos longos e artríticos na mão estendida em braço seco, carne magra revestindo o cabide do esqueleto, de admirar não se ouvir o chocalhar dos ossos a cada passo; mascava um talo de capim e exibia um sorriso amigoso nos dentes falhos para mostrar que era de boa paz como a abanar o rabo, tivesse. Levantou a aba do chapéu, cuspiu o capim. — Tarde, vamo chegá, sêo moço, que a cachorra só morde é comida. Quando tem! — acrescentou com riso maroto.

— Boa tarde, dá licença, meu nome é Antônio Sucupyra, mais conhecido como Tinoco-da-canoa — duas mãos abertas para mostrar que era de paz. — Como está essa força, sêo Virgínio? — a mão do velho escorregou por entre as de Tinoco como uma piaba e, envergonhada, se recolheu para o bolso da calça.

— Levando este restolho de vida. Vivo, ainda, por distração da cuja. A cada dia que passa pioro um pouquinho, hehehe. Posso perguntar uma coisa? De canoa prestas bandas, companheiros pra trás?

— Pois é, tem companheiro não, mas sigo bem acompanhado, isto é, com a natureza!

— Sozinho mesmo? Ora, ora, se achegue e chegue, casa de pobre... Que canoinha mais jeitosa, siô! Nunca vi uma assim, pintada de verde; arrumou adonde?, então, sêo Tonico, pois tive um compadre co'esse nome, minossinhora d'Abadia, Deus o tenha, ah... o siô é Tinoco, me desculpe!, parecido, daqui? eu?, migrei pra cá desde não sei quando, era uma espécie de almocreve desta fazenda, o siô agora pode não perceber mas já fui rochedo duro de aguentar tempestade, hoje tô esboroando e virando areia que qualquer ventinho arrasta, descapaz pra guerra, desútil pra paz, como dizem por aqui, com o gume cego e a porva moiada, só chupando o pito e envelhando aos golinhos. Já trabalhei muito, agora faço quase nada, pagam quase nada também, estou aqui porque não tenho pronde ir; depois de tudo que aconteceu, o novo dono plantador de café de Rio Preto diz que vai demolir a sede velha, que tá abandonada, e construir outra no alto do tabuleiro mais pra lá, ó — e olhou por cima do ombro —, achou aqui perto do rio muito úmido e também fugir dos maruins e carapanãs, pavor da febre terçã, essas coisas; disse que vai reformar as casas dos colonos esperando empréstimo do governo, medo da terra ser invadida por grileiros, que hoje em dia...

— Calma, sêo Virgínio, quero ouvir tudo, tenho tempo. Vive aqui sozinho?

— Bão... agora, que antes tinha mulher, e das boas, mas depois que dona Rita, minha velha, esticou as canelas, que Deus a tenha, filhos sumiram no oco do mundo, resolvi ficar por aqui mesmo, tava costumado, né?, mais pra manter a ceva de pacu e piau pra quando vem o administrador, quase nunca, e evitar fuzuê de pescador-caçador, estou n'espera dela me levar antes que vire branco de vez, estas manchas se alargando, eu não era assim não...

E, sem parar de falar, arregaçou as calças para mostrar manchas rosadas que estavam se espalhando em sua velha pele de um preto ressecado.

— O disgranhento do Juvêncio me botou a alcunha de "malhado", finjo que não ligo, mas gostar não gosto, foi que não nasci assim, foi aparecendo aos poucos — sempre o risinho amistoso, continuou —, aqui não, não é ruim pra se morar, mas sou daqui não, vim de longe, senhor quer saber donde? Não perguntou, mas quereu saber, né? Pois vim do Piauí, sabe adonde é que fica? Sabe! O siô é gente muito informada, vi logo de cara pelo jeito também; uma canoa dessas não é pouca coisa, né?, eu mesmo não sei onde fica o Piauí, só sei que é muito longe pra lá, ó... por que vim pra cá, ia perguntar foi?, fugindo da seca e da fome; aqui até que é bom, tudo arborejado, siô tá vendo, né?, água tem e muita, precisava ver como era por lá, Piauí; aqui?, não, era muito diferente na época do doutor Afrânio Trabuco, muita gente morando nessas casas agora abandonadas, era assim não, famílias, muito gado...

E já ia continuar a arenga, desfiando um cardume de palavras como dormentes em trilho de trem ao infinito, quando Tinoco interrompeu o irrefreável desejo de falar de quem afinal encontrava um ouvido, além do da cachorra, tentando dar uma ordem nas ideias do narrador.

— Calma, sêo Virgínio, vamos por partes, tenho tempo e estou interessado em suas estórias. Mas então conte, com calma, que tanta coisa aconteceu por aqui?

— Pois já conto, mas o moço não quer passar a noite aqui?, escurece logo, podemos prosear, muito sozinho, raridade pessoas, só converso com a Joanete.

— Quem?

— Esta cadelinha que acusou sua chegada.

— Mas o patrão não vai implicar consigo?

— Patrão? Nem saber.

— Bem, se puder, monto minha barraca...

— Pode, o Brasil é nosso! — E baixando a voz: — Nesta época do ano vem ninguém, fique o tempo que quiser, vou até gostar, falo muito mas quero ouvir notícias do mundo, do lado de lá de não sei donde que o siô veio; nem carece montar sua barraquinha, ficar espremido; pode dormir na casa da sede, abandonada, mas não tem goteira, telhado de telha cozida, bem, o moço deve d'estar cansado, fome, tenho piranha ensopada, feijão e farinha, só esquentar, ovo posso fritar, café acabou, quase no fim do mês, às vezes me trazem um de comer, café, fumo, essas coisas...

— Sêo Virgínio Barreto, tô feliz em encontrar o senhor e agradeço a oferta e vou aceitar o convite de pousar na casa-grande, barraca tá úmida, areia por todo lado, meio cansado de ficar espremido. Então se me dá licença vou colocar o saco de dormir e meus bagulhos no terraço da casa-grande antes que a noite caia.

— Muito que bem, porta tá aberta, pode ir lá se ajeitar. Não acompanho por causa da escada. Depois volte aqui, comer, quero saber como é que veio bater com os quartos neste oco de mundo.

5

A sede não era propriamente um sobrado, más era alta, costume antigo nas construções daquela época; agora em estado de abandono, mas boa presença de longe, toda branca com molduras anil em portas e janelas, o teto de telhas vãs, recoberto por kalanchoes, liquens e musgos. Entrava-se por uma escada dupla, com degraus à esquerda e à direita que davam acesso a um patamar por onde se chegava à varanda que rodeava toda a casa. Uma porta de folha dupla dava acesso à ampla sala com assoalho de tábuas largas de cumaru que ressoavam os mais leves passos em sons cavos de velha escuna; para este espaço central se abriam as portas de alguns quartos e um corredor que levava a um banheiro, copa e espaçosa cozinha com dois fogões a lenha, um deles maior, com serpentina pra aquecer a água da banheira de ferro esmaltado. As janelas dos quartos, banheiro e cozinha se abriam para a parte de trás da varanda com vista para o pomar e o que fora uma horta.

Na parte de baixo, uma espécie de porão exalava um hálito doentio de mofo; um cômodo estreito onde dormia um guarda-noturno nos tempos em que a fazenda estava ativa (sujeito bronco e até perigoso, segundo Virgínio); uma pequena sala com dois tonéis de imburana pra cachaça, secos pra tristeza de Virgínio, e um salão que funcionou como armazém pra vender produtos gerais aos peões da fazenda. No fundo do pátio, por uma pinguela se atravessava pequeno córrego, separando a sede do renque das casas dos colonos. O casario, agora, parecia dormir, o tempo esgarçando o reboque, desnudando as taipas, esqueletos de pau infestados por cupins.

Um chiqueiro junto ao córrego e um galinheiro, mais um pouso e abrigo pras galinhas e capotes criadas soltas, ciscando pela vizinhança. Havia ainda um galpão com teto de zinco pra abrigar caminhão, trator, adubos, venenos, implementos diversos; uma tulha para se guardar milho, e ratos; um mangueirão com várias divisões e uma passagem estreita em aclive suave terminando em uma cancela onde encostavam caminhões pra transporte de gado — imaginou. Num platô, a cerca de um quilômetro, a pista de pouso, terra batida, onde o teco-teco do proprietário desaparecia em uma nuvem de poeira nas raras vezes em que ali aterrissava, disse Virgínio.

Tirante a mata ciliar, bastante alterada, o entorno da sede era de pastagens com uma ou outra castanheira órfã, percebia-se pelos fustes retos, as copas espremidas no alto, envergonhadas de estarem assim expostas, exibindo cicatrizes carbonizadas de queimadas antigas que acabaram com as outras árvores da mata; poupadas da degola só as *Bertholletia excelsa*, por suas "castanhas-do-pará", que aplacavam a fome dos passantes. Do outro lado do rio, buritis e buritiranas enfeitavam a margem com suas elegâncias, e, mais acima, babaçus, como espanadores gigantes, fechavam a paisagem entremeando pequenos capões, testemunhos da mata que tempos atrás cobrira toda a gleba da fazenda, inclusive um extenso tabocal, queimado pelo primeiro proprietário, informou Virgínio.

Tinoco contou de sua aventura de canoa pelos rios Alegre e Guaporé. Ao perceber um laivo de descrédito no olhar de Virgínio, explicou que não era garimpeiro nem pescador, simplesmente canoeiro.

— Posso falar uma coisa, sêo Tonico? Desculpe perguntar, que não gosto de relar sapo no frango quando não é da minha conta, mas rema assim, por nada, bijetivo nenhum?, dia todo cansando o corpo, preso nessa canoinha?

— É Tinoco, sêo Virgínio, mas deixa pra lá. Preso é questão de ponto de vista, me sinto é muito livre quando estou canoando. Ademais gosto de ficar só, tentando me compreender. Quando estou matejando pelas barrancas dos rios não me sinto solitário, viajo em comunhão com a natureza, como dizem por aqui. Preso é quem fica no trânsito, banco ou escritório, onde seja, na metrópole, horário pra tudo, regras pra tudo, filas... aos poucos fui perdendo a paciência, que, cá entre nós, nunca tive. O que mais sinto na cidade grande é a falta do silêncio. Não é o silêncio da ausência de sons, mas o silêncio que vem do zunir dos ventos, das águas em movimento, das vozes dos bichos, do farfalhar da folhagem. Entende esse tipo de silêncio?

— Não tá fugindo d'alguma arte que aprontou por esse mundão, foi? Pode dizer que não faço conta da vida dos outros e não relo sapo... — falou Virgínio com ar maroto.

— Se estou fugindo d'alguma coisa deve ser do formigueiro de gente, de me sentir só no meio da multidão, formiga operária em época de correição. Quando só, estou comigo. Já meu compadre Alvarão diz que, quando só, está em má companhia — sorriu sem graça (Virgínio não riu). — Pode ser, cada um é dum jeito. O fato é que vez em quando preciso passar um tempo no mato, remédio pra minha alma ranzinza; agora, aposentado, não fosse a família...

— Pois é, cidade mesmo, de verdade, inda não conheço, nunca fui a Teresina, Cuiabá, só ouvi falar e...

— Nem queira, nem queira, perde nada, não há horizonte, o sol não nasce, quando se vê já tá alto e desaparece das vistas antes de se pôr, as noites despovoadas de estrelas, além do barulho de todo tipo de motores que sujam o silêncio, e muito povo formigando nas ruas; tem rua que chega a latejar de tanta gente. Gosto do céu daqui, cardumes de estrelas, o acordar e o deitar do sol, a viagem da lua, horizontes pra todo lado que se olha; e das chuvadas também gosto, até ventania e tempestade, faz parte; e gosto de viajar com minha sombra, em busca do meu deserto, cada um tem o seu... o meu é cheio de plantas, mataria. Viajeio comigo, falando em voz pra dentro, às vezes pra fora também, minha fala é meu pensamento, vou me conversando. Mas tem a consciência da gente, às vezes ataca! Pode ser apenas nostalgia da vida simples dos tempos de antanho, sem papéis, cartórios; fio de bigode vale mais nada: carimbo e firma reconhecida, entende?

— ?

Ao dizer mais do que lhe foi perguntado, Tinoco se deu conta de que também sentia uma vontade inusitada de falar, mesmo notando que o ouvinte, Virgínio, o tempo todo acocorado, o olhar perdido, não estivesse interessado nem entendesse algumas palavras. Mesmo assim continuou:

— Gosto de deixar pegadas em terras virgens de passos nunca pisados, sem encontrar ninguém, se bem que estou feliz em estar, agora, aqui, ter encontrado o senhor. Acredite que estou feliz em conhecer o senhor. Pura sorte. É diferente! Sei que abuso de sua paciência, mas o que gosto mais é de rios, mormente os mais magros e de águas cor de chá, nem sei por quê. Os rios são as veias deste nosso país. Num rio não sou estrangeiro, minha canoa é minha ilha, meu pequeno país semovente. Mulher disse que tenho um riozinho dentro de mim; que nas minhas veias não corre sangue, correm águas dos rios que remei, tantos, errando por este Brasil. Cada um é de um jeito, vê as mesmas coisas de modo diferente, é preciso respeitar, o senhor sabe disso, né? Mas agora eu é que estou falando demais, cansando seus ouvidos. Acha que já tô meio passado?

— ?

Virgínio tirou o pito da boca, deu uma cusparada e:

— É. Já eu desgosto deste mundo de sozinho. Vejo que sêo Tonico, ou é Tinoco?, é mesmo um igaraúna, remarilho das águas, desculpe perguntar, num é perigoso, tem medo não?, já mataram muita onça por aqui, canguçus mesmo, pintadas e negronas, Nossinhora d'Abadia! Não é da minha conta, e nem precisa responder, mas por que quer tanto chegar a esse lugar que nem sei adonde é, pra donde tá indo?, que tem lá de bão?

— Também não sei, sêo Virgínio, isto é, nada que não tenha noutros lugares, aqui. E não é que queira chegar lá, não tenho pressa de um destino, quero é o ir, o viajar, encontrar o que nunca vi. Perigo? Tem, tudo tem, quem tá vivo... Mas no perigo me cuido, o sal da viagem. O maior perigo é a viagem de carro até chegar na barranca, essas estradas... depois, canoa n'água... nada, paz de Deus! E de bicho, qualquer, tirante bicho homem, e bicho mulher também — sorriso maroto —, medo não tenho.

— Bicho mulher! Gostei. Lembrei de meu finado pai, Joventino Neto, que cantarolava pra minha mãe quando percebia ciúmes nela (e tinha muita razão, a velha):

> *O bicho que mata o hômi*
> *tem ferrão que nem arraia*
> *é coberto de cabelo*
> *mora embaixo da saia.*

E mostrou a dentadura falhada num sorriso gostoso.

— Bem, pode ser, bicho foge de homem se não tiver cria. Mas deve saber que um ataque de abelhas é de assustar até um cristão macho: tem que pular n'água e respirar por baixo do chapéu.

— Já passei por isso, sêo Virgínio. Digo de marimbondos e abelhas, que de mulher não tenho costume de falar. Depois posso contar o sucedido, no rio do Sangue. Mesmo assim, abelhas, vespas e marimbondos só atacam se molestados. Mas deixa pra lá que isso não tem importância e tô falando é demais de novo, e é ouvindo que se aprende, dizia meu avô. Acontece que sou muito curioso e intriguei com uma cruz que vi no meu último acampamento, uma tapera abandonada, junto dum grande visgueiro umas léguas rio acima, tem conhecimento?

— A cruz? Na sombra do visgueiro alto? Por decerto que sim, conheço, e bem, estória triste, sô. Por falar nisso... siô teria aí um pouco de cachaça? Só pra matar o bicho, minha acabou, quase no fim do mês. — Tomou boa golada depois de pedir licença pra deitar uma gota pro santo. — Mas voltando ao proseio, a cruz...

— Espera aí, sêo Virgínio, em Vila Bela um vendeiro me disse que tinha havido uma tragédia rio abaixo, um ribeirinho matou e esquartejou um sujeito que estava fazendo mal à filha dele, é isso?

— Lereias! Essa gente fala do que não sabe, vai aumentando, acaba virando outras estórias, cada um conta a sua, foi assim não. Mas a cruz? Pois fui eu mesmo, perguntou no endereço certo, esta pessoa aqui — pá-pá-pá no peito —, fincada onde morreu o finado Tião, de nome Sebastião Nonato, meu amigo e amigo meu. Quantas vezes embaraçamos a fumaça de nossos pitos, conversando em silêncio de presenças que amigo não carece de falatórios pra se entender, basta ficar perto... Pois é, Tião, Deus o tenha. Fincada porque corpo não tinha, entonces, fiz uma covinha rasa pra gasalhar alma dele, um pedregulho cristalino botei no lugar do corpo, que não tinha, já disse. Quando soube do finamento do Tião fui pro retiro na surdina, cuidar d'alma dele, mas daí que o tempo arruinou e tive que passar a noite lá. Uma desconsolação, a noite toda matutando na vida dele, na nossa, quanta cachaça dividimos, quanto desaforo aturamos! Naquela noite ventou muito vento, um vento sudestino que zunia nos arames da cerca como que pra espalhar os ciscos do mundo; e choveu chuva grossa, como se o céu chorasse pra lavar o sangue da terra. Dia seguinte cortei os paus, amarrei com embira, fiz a cruz, finquei, no lugarzinho mesmo que o siô viu. Quer ouvir a estória toda? Então tome assento que não vai acabar hoje. É que uma estória emenda noutra e às vezes me perco da trilha, emboco pelos desvios. Tanta coisa pra contar, e só a Joanete... Ela presta muita atenção, mas pouco entende. Se se empanzinar de meu falatório, avise, que não guardo ofensa.

— Que nada, sêo Virgínio, vá contando...

Tinoco não tinha pressa; partiria dia seguinte, ou no outro, ou depois, carecia descansar, reforçar as provisões com algum peixe seco, mandioca, disse. Da casinha de Virgínio saía um cheiro tentador de banana madura. Um cacho dourado pendurado no esteio da cumeeira. Humm, tanto tempo sem uma fruta fresca...

Na parede, lagartixas; no terreiro rolinhas ciscavam em harmonia com um casal de fogo-pagou. Tinoco já andava saudoso do arrulhar macio que acalmava suas ideias: fogo-pagô, fogo-pagô. Pôs-se cômodo e preparou os ouvidos, sabedor da comichão de falar das pessoas que vivem em isolamento. Desatento, tomava o caldo de cabeça de piranha, quente de fogo e de pimenta, assoprando cada colherada enquanto as estórias de Virgínio se ramificavam por trilhas e veredas de tantos causos emendados em busca de um ouvido. Tinoco levantou os olhos do prato de sopa ao ouvir o grasnido de uma curicaca a escarafunchar com seu longo bico um canto de pasto meio alagado em busca de vermes e caramujos. No silêncio das colheradas de sopa, entrou em divagação pensando na mulher, sozinha em casa, como a conhecera, uma ponta de saudade; tivera sorte, boa mulher... até que o pigarrear de Virgínio o trouxe de volta à Tabocal. Pegou lápis e caderno.

— Posso tomar notas?, memória fraca, gosto de escrevinhar, por onde andei, causos que ouvi. É pra lembrar depois quando não puder mais remar. O senhor sabe que sem palavras escritas o passado não existiu, nem passou, né, sêo Virgínio? — falou com olhos derramados de tristeza.

— Eu quase aprendi a ler. Escrever sei o nome Virgínio Barreto. Rita sabia, tentou me ensinar. Um pouco.

A conversa e a sopa esfriavam. Um vento quente trouxe de longe o mugido melancólico de uma rês perdida na invernada.

Virgínio, silhueta magra de maguari, equilibrou-se em uma perna apoiado no cajado, olhou meio desconfiado e abaixou a cabeça como a pedir licença para continuar.

— Sente, sêo Virgínio — pediu Tinoco.

— Nada, minha bunda tá muito magra, já não dá um bife.

Pigarreou limpando a garganta, chupou o ar por entre os vãos dos incisivos amarelados de tabaco, voltou a acocorar-se e desandou a falar como se abrisse a torneira da boca para deixar sair em enxurrada todas as palavras dos dicionários não escritos:

— Entonces, como dizia o brasiguaio Javier, se quer ouvir, principio: Tião era muito diferente d'eu, cabra de proseio reduzido, reservado por demais, parece que tinha engolido cadeado. Só abria a boca por precisão. Já eu aprecio um causo e proseio amistoso, gosto, sempre me dei com todo mundo. Conheci Tião por demais, desde muito, Piauí, sei da vida que levava. Fio que sucedeu o seguinte...

E entre cusparadas biliosas de fumo mascado foi relatando, interpretando e gesticulando e se agachando e desagachando em representação detalhada, por vezes perdendo o fio:

— Tava dizendo o quê mesmo, sêo Tonico, ou seria Tinoco? — em apagos da memória, a noite estrelada do Guaporé em pano de fundo, a plateia Tinoco e Joanete, o sucedido.

6

O vô correu
Com as piranhas e os botos,
Com as jatuaranas e os tambaquis,
Com as cobras e os jacarés,
Com todas as gentes não-humanas do rio;

O vô era um encantado
E por vezes trocava de pele pra ver como andava o mundo
Às vezes vinha de gente, outras de mangueira, algumas
[vezes perdida, de jaguatirica

"Vô Madeira", de Julie Dorrico,
jornal *O Estado de S. Paulo*, 23/8/20.

— Aquele resto de tapera doutro lado do rio onde tem aquela prainha de areia avermelhada? Ali vivia Joca, caboclo escalafobético de muitos causos, estúrdio, não um qualquer, por mais curto que lhe fosse o rabo; o siô ia gostar de conversar co'ele.

— Joca Ramiro?

— Quê? Conheço não, esse.

— Brincadeira, um personagem das Gerais, continue.

— O daqui era Joca Tamanduá. Trabalhava na Tabocal, sujeito esquisitão, o olho que vigia era da cor do aço. Nunca aceitou morar na colônia, e não fazia despesas no armazém da fazenda: plantava, pescava e caçava sua comida, se autobastava, quasemente, em todas as suas insuficiências. Não como eu, os outros, mais dinheiro sobrava, mulheres, cachaça; até cerveja tomava o disgranhento; cicatriz na testa descia até o olho esquerdo, costurado, só vendo; vazou em briga, zagaiada; teve época em que cobria a vista arruinada com uma tirinha de pano preto que a coisa era feia, assustava criança. Falavam: "Ponha olho de vidro, seu Joca, pra melhorar." Respondia: "Qué, eu?" Largou mão, mandou costurar, um olho sempre fechado, murcho e meio afundado, quatro pontos, acostumou, nós também. "Bom pra firmar pontaria", perguntado costumava dizer. E caçador, como nunca se viu; vez em quando saía, e sem caça não voltava, separava o dele, salgava, e distribuía partes com amigos. Eu mesmo comi muito cateto, paca e macaco que ele caçou. Mas não era caçador comum, tinha suas mandingas, usava kampô pra não ficar empanemado. É, isso mesmo, kampô. Conhece não? É vacina de sapo. Tinha o peito e os braços marcados com pontos para aplicação. Com um cipó-titica em brasa se queimava fazendo as marcas; depois esfregava sobre as feridas a gosma duma perereca esverdeada que salta de galho em galho, quase avoando. Daí ficava ainda mais forte, pau de lei, peroba-rosa, voz de cachoeira, olho de gavião que via tudo, até o que tava por detrás, orelhas de jucurutu, até pensamento ouvia. Aprendeu essa mandinga de kampô com um seringueiro acreano, disse, um tal de Jaquemin, amigo dos wajãpis. Apois, assim era, só o caroço da verdade que engambelação não aceitava, não tinha como; como ele nenhum, quebrou o molde. Era preciso cuidado ao falar com ele, medir palavras. Gostava de comer filé de poraquê, cru, pra carregar suas baterias. Conhece?

Tinoco anuiu.

— É, siô é homem de muita sabença, mas continuando, Joca chegou procurando emprego, sem mulher fixa nem filhos; se bastava com mulheres quengas e sabe-se lá o que mais, pode ser, que esse povo daqui fala é demais. Contavam que havia matado um cabra em Roraima, mas criminoso não era, isso não; é que encontrou o cujo fazendo coisas que não se deve de com mulher que não lhe pertencia, por azar, na própria casa dele, Joca. Foi ocasião, voltou mais cedo do seringal, causa de problema com índios; patrão dele, mas ninguém sabe direito que foi que houve, que falar muito não falava nem dava trela a perguntação, deixa pra lá. Vivia descalço e quase sempre sem camisa exibindo as fortalezas, a pele de cicatrizes, mapa de batalhas ganhas e também perdidas porque parece que andou apanhando um bocado nos garimpos da vida antes de se enfurnar por aqui. Mal saía o pagório Joca tomava banho, perfume, calça justa, camisa de cidadão de presença, alisava a crina com óleo de tartaruga perfumado com umburana, lustrava a botina, dessas bem bicudas, de salto, e partia pra currutela: dois dias na putaria, desculpe dizer, sempre assim. Uma vez, já meio manguaçado, me disse que gostava é de ficar com duas mulheres de cada vez, abocetava-se até não poder mais. Já eu, enquanto tinha Rita não ia; quando ela se foi fiquei na solidão da mão, uma égua, vez em quando, que depois que fui ficando malhado passei a ter vergonha de tirar a roupa em presença de mulher. Desculpe ter escorregado por esse caminho. Não devia de falar dessas coisas pro siô, hômi de respeito, vai pensar o quê deste negro veio — Tinoco balangou a cabeça —. Mas voltando ao Joca, Fabrício de Paula contava que cruzou co'ele, já meio troviscado, num boteco da vila. Noite em que havia botas lustrosas e chapelões bebendo cerveja, uns filhos de fazendeiros, com donas de roupas apertadas exibindo as partes e um cabra mal-encarado com chimite na cinta; polícia de Alta Floresta, parece; olharam pro Joca, cima a baixo, em medição de desaprovo, risotas de pouco-caso e tudo. Não entendeu bem, mas lhe pareceu ouvir que o boteco do alemão tava ficando mal frequentado, sei não. Encostou no balcão, pediu a chave do mictório e um mata-bicho com catuaba. Voltou, os moços rindo de soslaio, falando baixo, à socapa. Pediu uma colher de mel de jataí, colocou no copo, mexeu, remexeu, e sem tirar os olhos deles foi prelibando a pinga devagarinho (nada pro santo, que não tinha esse costume). Fabrício, no outro canto, tinha visto tudo mas não se atreveu a nada, só olhava disfarçadamente, prenunciando. No fundo do copo uma bala. Sem mostrar surpresa, lambeu a bala, admirou-a contra a luz com seu olho solteiro como um joalheiro procurando jaça, conferiu o calibre, 38, pegou a colher que estava sobre o balcão e com o olho bom desorbitado virou pros moços e trovejou com voz de maré-cheia: "Se delate o fidaputa! Arranco os olhos do excomungado com esta colher, mastigo e engulo! E ainda enfio esta bala com casca e tudo no cu do desfeliz!" O recinto congelou, nada se mexia, desviação de olhares, nenhum encarou que o homem era reputado. O alemão abaixou a cabeça e começou a passar um pano sujo no balcão

em alheamento de nada saber. Baixou um silêncio de se ouvir barata andando entre as garrafas da prateleira. Virou as costas, sem medo que lhe atirassem, e saiu devagar sem pagar a conta, colher na mão, bala na algibeira. Nunca mais que voltou àquele boteco. Quando, depois, Fabrício comentou o sucedido, disse: "Desfeita não engulo, nem de seis nem de seiscentos." Joca? Mais que força era coragem que assustava, mais que temido, pra se dizer o pouco, respeitado. Convinha! Nem sêo Vermute encarava. O siô ia gostar de conversar co'ele. Sabia tudo sobre os bichos e as plantas, conhecia remédio pra qualquer tipo de doença, garrafada, raizama, sabia fazer unguento, sinapismo, ajudou muita gente doente; benzia cobreiro, quebranto e mau-
-olhado. Nos momentos de descanso gostava da companhia de Fabrício, hora da ave-maria, um ouvindo o silêncio do outro, olhando o rio, pitando tabaco de rolo misturado com uma erva que trouxe de Roraima; uma tal de liamba, a erva; dizia que era pra enxergar melhor. Baforava com fé, olho baldio, vendo coisas que só ele. Se animalizava com os bichos, entendia o linguajar deles, ouvia canto de borboleta. Um dia me disse: "Vem aí tempestade!" Sem acreditar, perguntei: "Ué, tá limpo!" E ele: "Ouvi conversa de duas araras canindé vindas do sul, cruzaram o rio a caminho do buritizal!" Tardou, não muito, e não é que veio mesmo! E daquelas. Parece que falava ararês e outras línguas de bicho também, vai saber. Se bem que uma vez me disse que bicho também mente. Eu hein? Naquela casinha, agora abandonada, que siô tá vendo, vivia com uma caninana de estimação, bicha criada pra mais de uma braça e lustrosa de piche nas costas, com manchas dourado-abiu; assusta muita gente quando ergue meio corpo pra se defender, mas é serpente

benfazeja, só assusta ignorantes. Siô que anda pelos matos sabe disso, né? A dita caninana vivia entre as vigas do telhado. Joca nunca fechava o rancho, ninguém se atrevia. Trazia pra ela rolinhas, sapos, preás; tinham uma relação quase comercial, um contrato de vigilância em troca de abrigo e comida, acho. Cá entre nós, não desgosto de cobras, acho até muito bonitas, espanto, não mato, gosto de ver como deslizam com graça pelo chão, sem pés, como um trem, imagino, e nadam, muito bem, também, mas deixa pra lá que o causo é outro e siô é muito viajado, sabe quase tudo, né?

— Como estava dizendo — continuou Virgínio depois de reacender o pito —, me disse Fabrício, que ao Joca era mais chegado, que um dia um boto, dos mais bitelos, começou a seguir a canoa de Joca. O boto acenava a cabeça fora d'água a cada pouco e arreganhava os dentes como querendo falar. Mas em língua de boto Joca ainda não era versado, acho. Demorou a entender os sinais do bicho. Fez um cigarro parrudo, acendeu e colocou na boca do boto, que saiu feliz, só batendo rabo, cabeça pra fora, a soltar fumaças; só quando o cigarro apagou é que desapareceu num mergulho. Seja!

— Que estória! Mas, seu Virgi, acredita coisa dessas?

— Bem, sêo Tonico-Tinoco, eu não sei. Um pouco de verdade deve de ter. Eu não acredito, mas também não descredito. O zinho era diferente, não deste mundo de nós. O siô ia gostar.

— É, ia gostar. Com esse único olho e essa força toda devia parecer um ciclope.

— ?

— Nada não. Não tem importância.

— Bem, Joca não tinha aprendido as letras mas sabia das coisas, até entendia um pouco de números, dos tempos de seringueiro e garimpeiro. Isso era. Um dia se aborreceu por coisas que não se sabe, pediu as contas, mês ainda não vencido, tinha trabalhado uns quantos dias, calculou o devido, informou *el patrón*: "é tanto q'ocê me deve". Sêo Vermute nem conferiu, fez que sim com a cabeça, que não era bobo de não pagar. Não perguntou por quê nem pronde. Presença dele na fazenda incomodava, mau exemplo, problema que se autorresolvia. Joca juntou seus poucos trastes, pulou na canoa de casca de jatobá e soverteu-se neste mundão, sem mais. Na partida disse ao Fabrício que deveria seguir o mesmo caminho, "esta fazenda é uma máquina de gastar gente". Fabri acha que ele foi faiscar a sorte numa grupiara lá pras bandas do Teles Pires onde acharam diamante. Seja!

— Mas o nome dele era mesmo Tamanduá?

— Que não! Era que aqui tinha outro Joca, o Cipriano, dava confusão. Nome dele de documento mesmo não sei, talvez ninguém saiba. É porque um dia arriscou a vida pra salvar um filhote de tamanduá que escorregou da cacunda da mãe barranco abaixo, a corrente arrastando pra corredeira. Bichinho esperneava que dava dó tentando manter o focinho fora d'água. Do barranco mãe grunhia aflita. Joca pegou o laço que estava com o Aparício Mendes, amarrou na cintura, pulou na correnteza, agarrou o tamanduazinho e foi puxado pro barranco. E não é que o ingrato ainda lhe deu uma bela arranhada!

— O senhor admirava muito ele, o Joca, né? Parece até que era capaz de voar!

— É. Asas não tinha, mas acho que voar conseguia, quisesse.

No silêncio que se seguiu Tinoco distraiu-se observando um galo coroado de grandes cristas vermelhas, barbelas ainda mais vermelhas, esporas de polegada e meia, peito empinado a bater asas em espalhafato para seduzir galinhas que ciscavam no terreiro fingindo indiferença.

— É, ia gostar... Mas e a estória do Tião? Antes me diga se já viu alguma chalana subindo o Guaporé?

— Não. Ver mesmo, nunca. Causo de quê?

— É que quando dormi no retiro ouvi um barulho de barco maior, enfrentando a corredeira e um choro de menina.

— Ah! Lá! Depois da morte do Tião aquele lugar ficou meio assombroso.

— É. Senti algo estranho quando acampei lá, cisma minha. Mas não tem importância, continue a estória.

— Seu Tinoco, desculpe perguntar, mas se não perguntar pro siô, que é professor, perguntar pra quem? Uma cisma minha...

— Se acanhe não, se souber...

— Siô acha que as plantas conversam entre elas? Pode parecer maluquice mas um pajé cinta-larga que conheci dizia que sim, e a filha do Tião também, mas eu...

— Bem, seu Virgínio, falar é certo que não falam, digo, em língua de se ouvir. Não se comunicam por meio de sons, mas de substâncias que soltam pelas folhas no ar e pelas raízes na terra, dão sinais de alarme pelas folhas para informar o ataque de pragas. E, embaixo da terra, no mundo trevoso das raízes, tendo só minhocas mudas por testemunhas, vale tudo na solidariedade do comunismo vegetal: radículas se abraçam e se fundem trocando segredos moleculares entre si e com a finíssima cabeleira das hifas dos cogumelos em promíscua simbiose; e tem algumas até que acoitam bactérias camaradas que exercitam a magia de fixar nutrientes gasosos do ar em compostos que as raízes engolem vorazmente. O fato é que estas alquimistas que se vestem de verde fabricam em microusinas tudo que necessitam para viver a partir de substâncias simples dispersas no solo, água e ar; assim não precisam correr, nadar ou voar à caça de outros seres para se alimentar, agora falar...

— Hã... Não entendi, mas gostei. Siô deve de ser professor.

— Desculpe, seu Virgínio. Às vezes esqueço que estou aqui no meio do mato conversando com o senhor e falo como se ainda estivesse dando aulas de biologia.

7

— Naquela época, Sebastião Nonato, acudindo também por Bastião, ou Tião — continuou Virgínio —, tava na meia-idade, passando dos trinta talvez, porque idade mesmo quem é que tem certeza? Gostava dele, cabra bom, já disse. Vou contar. Era o começo das águas, mês de cigarras, revoadas de içás. Foi um ano em que deu içá como nunca se viu, pra alegria de um dilúvio de sabiás, bem-te-vis e passarinhos de todo tipo, que não se sabe donde vieram, encheram os papos. As tanajuras de saúva-límão caíam engatadas nos bitus endoidecidos pelo perfume das fêmeas gordas; os coitados morriam de tanto gozo; elas, as bundas estourando de tantos ovos, arrancavam as próprias asas com as patas traseiras e cavavam buracos para fundar novas colônias. A época das chuvas se anunciava quando fui ao retiro fincar a cruz; mas o tempo arruinou e tive que passar a noite lá. Ouvi coisas, mas isto já contei, né? Bem, Tião era pessoa de pouca aparência, desapercebido passava. Caboclo cor de cobre, olhos de garapa, olhar disfarçado, pele curtida pelo sol duma vida, chuva e ventania, triscada de espinhos de xique-xique e macambira, tempos de caatinga, onde o conheci; e tatuada por mutucas e bernes, cicatrizes de trabalho pesado, tempos de Guaporé, onde construímos nossa amizade. Fraqueza de aparência, mas rijo de corpo, puro cerne. Chapéu de palha de buriti fora da cabeça só pra dormir; alpercatas de couro d'anta, o mais grosso, costuradas pelo Jucá da Sovela; resistir espinho de juá-bravo. Uma faca de ponta em bainha de couro cru enfiada no cinto, ao alcance rápido das mãos, rijas e ásperas, calo só. Meio cambaio, coxeando um pouco da perna direita andava, picada de jararaca-do-rabo-branco inda menino; só não desencadernou mor de mezinha da velha carajá, unguento de índio que outro tratamento não havia naquele sertão. Escasso de palavras, pouquíssimas; não era de amamentar conversas, falação não desperdiçava; economizava a garganta, só o justo e necessário. Respondendo, confirmava, sim siô; ou desconfirmava, não siô. Aprendeu com os patrões; não era pago pra opiniões nem acho-quês, mas ouvir, obedecer. Depois que mudou pro retiro só via ele vez em quando, dia das compras, armazém da fazenda. Senti falta da companhia dele e ele também da minha, acho. Corria que lá nos ermos passou a prosear mais com a égua Guaraná, pelagem isabel, e o cachorro cor de porta, Pacu, sombra dele, que com gente humana. Assim se levava, sem reclamar de carências, injustiças, que as havia, suficientes. Aceitava, fosse lei da natureza, o dia, a noite. Sina. Fazer? Deixava-se viver, apenasmente; um rascunho de vida que nunca foi passada a limpo, se é que se pode tanto dizer. Acho mais é que não viveu, a vida é que passou por ele e foi esboroando seu corpo magro pouco a pouco. Como dizia o Joca, a fazenda gasta a gente. Tião não era nativo daqui não, era das bandas de Acauã, como eu, acho que já disse. Migramos pra cá fugindo da seca. A vida no sertão do Piauí não era fácil, meu siô. Fome. Muita! Viemos num pau de arara. Mas pro siô entender bem como era a coisa preciso falar do Retiro do Rio Verde, pronde mandaram Tião com a família. Já tô velhusco mas inda me alembro. Tempos depois que chegou ao retiro deu de acontecer o sumiço dumas novilhas vez em quando. Tião dizia que era onça viciada no gado, mas o capataz, desconfiado, contratou na vila o caboclo Viriato Azambuja, o mais famoso matador de onça da região pra passar uma temporada no Retiro do Verde. Foi. Dias depois avistaram asas negras voejando em círculos altos. Foram. Uma novilha, coisa de dois quilômetros do mangueirão, sangrada no pescoço, barriga rasgada. O onceiro estudou os rastros, vinham de uma capoeira passando a cerca. Conhecedor dos hábitos dessas bichanas falou pro Tião: "Matou. Ontem de noite. Bebeu o sangue, comeu o figo. Volta pra comer o resto! E não é uma. Acho que família." Viriato Azambuja se preparou, foi. Só. Assim preferia. De tardinha, estudou a posição do vento e deitou-se atrás da carcaça com a Winchester 44 de repetição. A vaca já fedia um pouco. Incomodava, mas o cheirum servia pra disfarçar o seu; se acostuma. Cochivigilando, cheirava o mundo. Escurecia quando pressentiu o vulto da bicha, ainda distante, chegando sorrateira, passos de veludo no capim fino, olhando pra todos os lados, rabão empinado ondulando que nem cobra. Tinha até um jeito de satisfação no modo como lambia os beiços e rebolava em seu passo insinuoso, sei lá, me disse o Viriato. Uma ponta de medo, um arrepio, depois me confessou que sentiu, ele, Viriato Azambuja (dito Viri Canguçu). Acho que a bicha desconfiou de algo porque se amoitou na macega por um tempo, como descansando ou fazendo cálculos. Viriato na tocaia respirava raso com medo do vento virar. Já quase escuro bateu o onçum trazido pelo vento; agora vinha... Viriato encolheu-se o mais que pôde prendendo a respiração. Quando o cheiro ficou forte, levantou a carabina engatilhada, quinze metros, na cabeça, dobrou os joelhos e deitou de lado estrebuchando um pouco: machão de bagos inchados. Arrastou o corpo até uma vala e voltou ao plantão; tomou cachaça, comeu paçoca, se ajeitou e voltou a cochivigilar. Lua alta, matou mais uma que vinha na mesma trilha da mata, fêmea, mulher dele, seria; arrastou pra vala. Já estava amanhecendo quando finou a terceira, menorzinha mas pantera, vinha negaceando, bem desconfiada, acho que pelo barulho dos tiros. Os couros estavam no alpendre da casa-grande, aquela que o siô visitou. Cá entre nós, acho que matou foi duas, mas, como havia três couros... valorizou a fama.

Quando Virgínio parava pra acender o cachimbinho que teimava em apagar, um olho semicerrado, o outro faiscando reflexos da binga, Tinoco atacava em acesso de perguntação, e issos e aquilos e por quês?, e anotava em seu caderno vez em quando, pois fora treinado a guardar registros como bom naturalista, que de fato era, por vocação e formação, sabedor de que a máquina da memória é enganosa, sujeita a filtros, e que arquivos desvanecem com o tempo. Se bem que às vezes parecia mais um sobrenaturalista. E Virgínio, vendo-se anotado, sentia-se importante, alongava a prosopopeia e prosseguia:

— Pois é, pra contar direito o tudo foi que aconteceu é preciso falar do último capataz.

— Quem?

— Hellmut Caduveu. Não sei se era esse mesmo o nome completo. Caboclo complicado, muito, sorriso maligno; nem bom olhar, Sinhora d'Abadia! Contratado pra tomar conta da fazenda Tabocal; taboca era o que de mais havia nesta parte da gleba, esta mesmo donde estamos; siô já viu tabocal pegando fogo? É como festa de Sanjuão, um pipoco trás do outro. Naquela época fazenda só dava prejuízo ao proprietário, doutor de São Paulo. Pantaneiro criado no Payaguás, Hellmut, homem volumoso, peito ancho como nunca se viu, não era de conversar com os peões. Media o mundo com sua régua. Não só mandava-chuva, mandava raios e ventanias também. E chumbo, diziam. Quem sabia procurava sombras. Fala dele? Só no imperativo. Quem tinha juízo escutava. E fazia. Diz-ques quando enchia os pulmões o ar parece que rareava em derredor; e que nem umbigo tinha, o desgraçado; e que tinha pelos na língua, essas coisas... Estórias. Não agaranto, ouvia-se. Pés exagerados de grandes, tomasse tiro no coração morria sem tombar; de pele café com muito leite, cabelo liso e grosso como de bugre, barba cor de iraúna, orelhas pequenas quase sem dobraduras, zoios garços, um deles meio destrambelhado que girava que nem de papa-vento, tal qual, não se sabia bem pronde mirava. Corria que não chegou a conhecer o pai. Só ouviu que era um holandês afamado, cabelos longos emendando na barba ruiva, emaranhada, brincos de argola de ouro, colar de presas de onça. Um teiú de valente e quase sempre manguaçado. De profissão, o pai dele, coureiro; subia os rios Uruguai, o Paranazão, mormente o Cuiabá, com pequena chalana em busca de peles de jacaré, anta e onça que ele mesmo caçava ou escambava com os ribeirinhos a troco de caña e sal. Levava os couros pra curtir em Concepción, depois mandava pra terra dele, lá nas estranjas em buques que saíam de Carmelo, no Uruguai. Verrumador de donzelas, no caminho ia emprenhando meninas índias, às vezes à força, outras negociadas com os pais em troca dum facão, duma panela... *El patrón* deve de ter uma irmandade espalhada Mato Grosso afora. A mãe parece que era uma caduveu, mas ninguém sabe direito porque ele nunca falou nem ninguém se atreveu perguntar. Fato é que em matéria de ruindade só perdia prum tal coronel Aureliano, fazendeiro lá das bandas da Chapada Diamantina, sertão da Bahia, famoso por sua falsídia. Ouviu falar? Coronel Aureliano Carneiro Bezerra de Menezes? Ouvi nos tempos da caatinga, inda menino quando trabalhava na bodega do povoado. O tal mais duma vez acoitou cangaceiros fugindo das volantes; a polícia sabia mas não enfrentava. Não ouviu falar do coronel? Então, se quiser, conto. Por falar nisso, meu fumo acabou, quase fim do mês, siô não teria aí mais um pedacinho pra emprestar?

— Ainda tenho, não fico sem, mas continue, ia falar dum certo coronel...

As estórias de Virgínio se ramificavam como ramas de batata-doce.

8

—A estória do coronel Aureliano? Ando meio esquecido, mas um dos causos que corriam, inda dos tempos da caatinga, é que uma vez, faz tempo, na fazenda do tal coronel, trabalhava um moço, mulatinho claro, quase branco, por nome Cajuí; bom menino, esperto e prestativo. Um dia assopraram na orelha do coronel, Cajuí se engraçando com uma negrinha de Igatu, menina ainda, com quem o coronel brincava quando ia pras suas terras lá no Espraiado. Pois bem, mandou chamar o rapaz sem dizer assunto, como quem não quer nada. Diz-ques Cajuí subiu a escadaria da casa-grande desconfiado como zebu a caminho do matadouro a toque de aguilhão, rabo quebrado. Conceição varria a varanda com uma folha de licuri:

— Bons dia, meu fio, a Afonsa, bem?

— Bons dia, madrinha. Mãe, bem.

— Coronel na sala, pode entrar; acho que coisa boa é não — sussurrou torcendo o canto da boca, um pelo-sinal. Cajuí alimpou os pés no capacho, tirou o chapéu que segurou com as duas mãos apoiadas na barriga e entrou como querendo sair.

Virgínio pigarreou, deu uma cusparada amarela, tirou o chapéu e enxugou o suor da testa. Fazendo careta levantou-se dificultosamente, apoiado no cajado. — Licença. — E foi atrás da árvore. Voltou, acocorou-se, reacendeu o pito:

— Sêo Tonico, quer dar uma pescadinha não? A fase tá boa pra pescar tartaruga, lua minguante; tenho macaxeira arrancada, a melhor isca, aqui se pega cada bitela!

— É Tinoco. Mas tudo bem; é que quase não pesco, sêo Virgínio, só em extrema necessidade, fome, inda mais tartaruga, tá proibido.

— Proibido a causo de quê?

— É espécie ameaçada, tá acabando, mas deixa pra lá, não tem importância. A estória do Cajuí, tava falando, menino foi ver o coronel...

— Aqui não tá acabando, inda tem muita tartaruga. Sim, Cajuí entrou na sala, Aureliano tomava café e fumava charuto conversando com Joãoão, um urutu em forma de gente, e outro jagunço, Erismaldo Cara-de-cavalo, apoiado no batente da janela, tão entretido em azeitar o parabelo que nem olhou pro menino; homens de confiança que já haviam servido no cangaço, sombras do coronel, sempre precatado, que inimigos fizera.

— Licença. Siô coroné mandô chamá?"

— Você é o Cajuí da Afonsa?

O rapaz meneou a cabeça. O coronel encheu um copo de pinga:

— Tome!

— Bebo não siô.

— Não perguntei. Tudo! Soube que tá arrastando asa pra filha da Inácia. Tome mais um. Tome! Pois já devia de saber que nas minhas terras quem cobre frangas só eu. Compreendeu? Nestas terras, que são mi-nhas, sou o ú-ni-co ga-lo que canta e diz quando o dia começa, o co-ro-nel Au-re-li-a-no, E-U! Compreendeu?

Coronel falava, Cajuí espremia o chapéu na barriga, desviava os olhos pra parede, de onde um cabra, enquadrado numa moldura envernizada de jacarandá, olhava pr'ele com ar de autoridade por trás de bigode grosso e um peito de medalhas no uniforme.

— O duque de Caxias? — perguntou Tinoco.

— ?

— Nada não, continue, sêo Virgínio.

— Coronel cuspiu: "Olhe pra mim, menino! Tô falando com você!"

— Nada não, coronel, amizade.

Olhos saindo das suas tocas. A um sinal do coronel os jagunços seguraram o menino, cada um torcendo um braço pra trás. Joãoão passou a peixeira cortando a tira de couro que prendia a calça na cintura, arrastaram pra junto duma cômoda, abriram a gaveta do meio, esvaziaram.

— Bagos dentro da gaveta, estrovenga de fora — rosnou Aureliano.

Cajuí tremendo sentiu a ponta da peixeira picar sua barriga. A gaveta foi trancada, a pele do saco meio esmagada, Cajuí na ponta dos pés tremia como vara de marmelo em tarde de ventania. Coronel colocou a chave na algibeira, a peixeira de Cajuí sobre a cômoda.

— Escute bem, menino, vou contar o gado na invernada. Suma daqui, não quero sentir seu cheiro, suas alpercatas sujando minhas terras. Compreendeu? Quando voltar, à noitinha, quero encontrar seus quibas dentro da gaveta e você no oco do mundo, ou vai sofrer morte pior que a de Judas. Compreendeu? — E piscou pros cabras, em divertimento. — Nada como um cabra se autocapar, né, não?

— O coronel era assim, não bastava açoitar, matar, queria humilhar, ferir na alma, exemplar, pra manter sua fama de perverso — disse Virgínio. — Dissimulado como senador, sucuri hipnotizando rolinha antes do bote; às vezes mandava matar um cabra e depois ia ao velório consolar a viúva. Teve uma vez que ao saber que o filho duma mucama, menino ainda, mais clarinho, até filho dele, vai saber, fora pego espiando pelo buraco da fechadura uma sobrinha dele tomar banho, mandou remover as pálpebras do moleque com uma tesourinha que a mulher usava pra bordar.

— É pra você ver melhor, seu safado!

— O coitado teve que usar óculos escuros pelo resto da vida pra não ficar encandeado; dormia com uma venda de pano pra não cair sujeira. Era só tirar os óculos, no lusco-fusco, que todas as muriçocas e piuns do mundo grudavam nos olhos dele, sempre vermelhos e lagrimando, uma tristeza de se ver. Zoio-de-peixe, ficou conhecido.

Como que esquecido do causo:

— O moço não tá com fome, não? Se quiser posso esquentar a sopa de piranha, fritar uns ovos. — Levantou-se, foi pra cozinha avivar o fogo, resmungando: — Tivesse um pouco de cachaça só pra alegrar a goela. Não sei quando o pessoal da fazenda vem trazer as compras, atrasam sempre, esquecidos que ainda vivo...

Tinoco espantou uma mosca que passeava distraída sobre o tampo engordurado da mesa.

Joanete latia insistentemente na beira do rio. Tinoco levantou pra esticar as pernas, assuntou, viu nada. Foi atrás da árvore.

— A bichinha tá co'as vistas embotadas, late pra qualquer bobagem.

Comeram, ajeitaram os pitos e voltaram a se sentar no banco junto à soleira da porta.

— Uma delícia os ovos — elogiou Tinoco.

— Tá bom, depois falo pras galinhas que siô apreciô.

Tinoco ignorou a graça e pediu pra Virgínio continuar.

— Pois é, como tava dizendo, quando viemos do Piauí, durante a viagem de pau de arara...

— Espera um pouco, sêo Virgínio, primeiro acabe a história do Cajuí, tava com os bagos dentro da gaveta...

— Ah, pois, o Cajuí. Se deu que o coronel acabou de tomar o café, reacendeu o charuto e saiu. Conceição, vassoura na mão, cara de sonsa, como se nada, nem bem o homem passou a porteira, entrou na sala; desconfiada, enquanto fingia varrer perto da janela, ouvia, que o menino era de seu bem-querer.

— Madrinha, me ajude — choramingou Cajuí, pelos arrepiados como se segurasse um poraquê pelo rabo. Ceição, paraibana, parteira e benzedeira respeitada:

— Meu fio, tem jeito não, levou a chave; ademais o homem é Satanás, a besta encarnada; desobedecer não há como de, só Deus, ou o diabo, que gente humana por aqui não se atreve. Me dê sua faca, aguente.

— Foi pra cozinha, afiou bem a faca na pedra de arenito branco, avermelhou a lâmina no fogo, uma colher de cinza, um pedaço de fio de linho, colocou pão, rapadura e uma garrafa de café num picuá; entrou na sala após se benzer três vezes e se certificar de que não havia ninguém por perto. Cajuí chorava como cabrito desmamado.

— Meu fio, tem como te soltar não. Ocê não pode ficar aí se equilibrando na ponta dos pés, se torturando pra morrer à noite quando o coronel voltar; não há quem suporte. Se ele não encontrar seus quibas vai ser muito pior; além d'ocê muita gente vai sofrer, não tem como mentir pr'ele. A faca tá limpa e bem afiada, sou parteira, sei como fazer essas coisas, vou cortar, mas antes amarro apertado bem na base dos quibas pra não sangrar muito. Num carece vergonha com suas partes, tô acostumada com homem. Faça um pelo--sinal, feche o zoio, morda este pano, a dor passa. Você já tomou pinga, vai doer menos. Pobre não pode ter capricho. — Num zás, grito abafado, Cajuí caiu sentado. — Pronto. Viu? Deixe eu cobrir com cinza. Arde mas logo sara. Agora tá sem os bagos mas livre, dor se vai, é a vida nossa, assim mesmo, aguentando, vá tomando chá d'alho com gengibre e trevinho, quando secar lave com sabão de coco duas vezes por dia, pegue a matula, caia no mundo, arribe pro sul, aviso sua mãe qu'ocê migrou pra Sampaulo, só volte quando o coronel tiver batido as botas. Essa foi demais, nem o tinhoso pode tudo, deix'estar jacaré!

— Torceu os beiços, cusparou janela afora. Ainda não havia escurecido quando o coronel chegou, direto pra sala, sangueira no chão, abriu a gaveta, gargalhou:

— Ó Erismaldo, jogue esse lixo pros cachorros, que esse não cobre mais nenhuma fêmea. E espalhem, que é pra exemplar. Aturo tudo, menos concorrência desleal. Essa gentinha tem que se dar ao respeito. E sabe duma coisa, Erismaldo: arrependi de não ter ficado olhando pelo buraco da fechadura só pra assistir à capação, ver a cara do desfeliz!

— Bem, foi isso que ouvi lá no Piauí na bodega do sêo Marcílio Bezerril, em Acauã. Seja. Vou dar milho pras galinhas, ajeitar umas coisinhas antes de dormir, que velho dorme cedo. Amanhã vamos armar espinhel pra ver se pescamos umas cacharas.

A tarde descambava por detrás da chapada anunciando a chegada da noite; Guaporé seguindo seu destino, levar suas águas pro mar longínquo com a ajuda de rios mais poderosos. O angico velho fechou os folíolos para não ver os fantasmas da noite e adormeceu em perfume de estrelas; mais uma noite de Escorpião luzindo. Antares piscava quase vermelho.

Tinoco encheu o cantil com água da talha e foi pro casarão da sede. Sentia-se cansado. Adormeceu pensando onde andaria o Cajuí. Uma favela em São Paulo? Queria mais era ouvir a estória da cruz e do Tião. Sorte ter parado ali, conhecido Virgínio, descansar, conversar, solidão é bom, mas quando é demais...

O céu constelado. A lua no finzinho da minguante parecia uma canoa com a proa levantada por vento valente. Mais tarde choveu. Adormeceu ouvindo as gotas que escorriam pelas pingadeiras de telha e piriripicavam na tampa de uma panela furada junto à casa.

Há tempos não dormia tão bem; uma noite de ostra, na paz das funduras. Acordou com um desafio de galos e latidos da

Joanete. Um bando de saíras baixou na pitangueira carregada como pingos de chuva de arco íris.

— Bons dias, sêo Tinoco, se tiver um pouco de pó, passo um cafezinho, tá quase no fim do mês... um fuminho também... Sinhora d'Abadia!

Acenderam seus pitos, Tinoco sentou numa ponta de lajedo na beira do rio, Virgínio acocorou ao lado e ficaram no aprecio das curicacas a desencavar caramujos no alagado.

Virgínio falou em sair pruma pescaria, Tinoco desinteressou; apenas descansar, ouvir estórias, seus olhos seguindo um tu-ca-no que passou atrasado com seu voo manco, tentando equilibrar o bico disforme.

— Eita bicho desajeitado, sô. Antigamente aqui tinha muita caça, mas foi esmorecendo. Caçar uma paca hoje é uma canseira; da última vez, fiquei tanto tempo imóvel num jirau que um cipó já estava se enrolando no cano da flobé; só dei uma mexidinha quando uma abelha lambe-cu entrou no meu nariz. Acho que a caça não veio, ou dormi. Destrepei do jirau entrevado como um reumatístico. Comer paca pertence ao passado, pelo menos pra mim que com essa fraqueza dos nervos não trepo mais em palanque, e não é medo não, é falta de coragem, já não me confio tanto.

— Mas e o Cajuí, o coronel, que aconteceu?

— Bem, sobre o menino nunca mais ouvi falar, já deve d'estar homem agora, se bem que homem é modo de dizer, coitado, sem nunca mais sentir o cheiro de fêmea, que pica sem bagos, dizem, não funciona; o cabra pode até ficar amulherado, Sinhora d'Abadia! Do coronel dizem que tempos depois começou a ficar indisposto, garrou a cuspir e cagar sangue velho, parou de comer. Santa Casa de Andaraí. Morreu semanas depois urrando dores, vomitando sangue fresco; criança chorando pela mãe, que contar muita coisa por aí contam. Figuro que foi arte da Ceição-quilomba: socava no pilão farofa de galinha-d'angola e quirerinha, coronel gostava bem apimentada; socava com caco de lâmpada queimada. Madrinha do Cajuí era mandinguenta, sei lá. Outros dizem que punha no café dele um chá daquele chapéu-de-sapo vermelho com escaminhas brancas. Conhece?

— Conheço, deve ser uma espécie de *Amanita*.

— ?

— Nada não, um cogumelo venenoso, não tem importância.

— Bem, vai saber, a nega era meio bruxa. Mas é certo que o coronel pagou com sofrimento as malvadezas que fazia. Moço deve d'estar com fome. Vou dar uma sapeada no espinhel que armei de madrugada, quem sabe um alumínio pro almoço. Se pegar uma tartaruga prometo que solto. Mas aqui ainda tem muita!

9

— O senhor ainda não me contou direito o causo da cruz, o acontecido no retiro, só disse que a estória que ouvi do quitandeiro de Vila Bela não era verdade...

Virgínio tirou o pigarro da garganta, soltou uma cusparada, voltou a se acocorar e:

— Sim, pra explicar melhor a estória da cruz, o causo se passou mais ou menos desse jeito: o novo capataz, de nome Hellmut, de quem já falei, era forte de derrear com um murro entre os cornos um marruá taludo. Como já disse, ou será que não disse?, foi indicado ao doutor que comprou a fazenda Tabocal por um deputado do Mato Grosso pra recuperar a área original da gleba, vasta, picotada por posseiros e grileiros, formar pasto e multiplicar o gado. Antes dele havia um pouco de carestia, mas o capataz, o gaúcho Norberto Tavares, não era má pessoa. Sêo Hellmut, sujeito cabuloso, que a gente tratava por *el patrón*, quando presente, ou, alguns, por sêo Hell, ou Vermute, como era conhecido em Vila Bela, chegou com tudo, carta branca, e preta também. Comandava a fazenda com mão de aroeira; gozava regalias e bom salário, até cerveja bebia.

Em pouco tempo criou fama, aumentou a área de pastagem, multiplicou o rebanho e resolveu os problemas de grilagem com ameaças e bala. Chegou com dois brasiguaios do Chaco: Bigodão, de nome Florindo Rodrigues, e Costeletas, Javier Gonzales. Sombras do capataz, uma na frente, outra atrás, independente da posição do sol; trabuco no coldre, facão jacaré e fala grossa numa língua arrevesada. Dona Mariangélica, mulher de pouca tinta, desbotada de branquela no que se podia ver nas raras peles que quase não mostrava, vivia coberta por muitos panos mesmo na época de caloria. Cabelo em birote no cocuruto, ou duas tranças; avesso do marido. Só falava quando ele não estava por perto. O pai dela, produtor de frango e de leite, em Santa Catarina, comprou terras em Poconé. Meio italiana ou alemoa, sei lá, até sotaqueava um pouco, falava "mareco, baranco", assim — e riu-se de sua lembrança. — A coitada só saía da casa pra dar milho às galinhas, "varer" o quintal com seu olhar de tristeza que nunca reluzia, engoiada, sempre. Acho que foi escolhida pra branquear uma família que nunca se formou porque era maninha, figura de enfeite, de pouca serventia até praquelas coisas, acho. Juvêncio Caduveu, o filho, meio abugraiado, gordote, puxado ao pai, pele cor de café mal torrado, cabelo grosso escorrido, bigodinho ralo, palito no canto da boca, diziam, judiava da mãe, ou madrasta, as más línguas. Hellmut criava como filho, mas pelas cores de um e da outra já se via que dela não tinha saído. Cresceu pirracento e de maus bofes, mais dissimulado que sucuri. Olhos cor de... nunca olhava nos olhos de ninguém, piscava e repiscava, solerte e suspicaz, espreitando com sua linguinha de forquilha pra fora e pra dentro lambendo o ar, armando o bote, rabo grosso, sujeitinho amofinado, cheio de fumos e metido a grã-fino, um senhorito, sei não. Olhava os outros de riba, como se num andor, sempre em cavilações. Gostava de exibir novidades que mandava vir de Cuiabá, e não dispensava um perfume que chegava antes dele, e ainda por cima canhoto. Afinava a unha comprida do dedinho direito para palitar os dentes. Parecia mais um jumento no cio que gente humana. Vaidoso como se montado em cavalo-marinho; sela pantaneira, pelego de carneiro branco, mariposeava sestroso ao redor da colônia, sempre no cio, assuntando interesse nas meninas que viravam moças. Desperdiçava munição treinando pontaria em tudo que voava ou corria; não passava preá, teiú ou saracura que não levasse chumbo; atirava até em beija-flor e borboleta. Pontaria do rapaz, orgulho do pai que treinava o filho nas artes de mandonismo. "Tem que criar figura, botar fama, é o que conta; esse povinho do mato só pega no eito se for no medo e chicote, bando de vagabundos, virou as costas encostam no cabo da enxada, a guanxuma acaba com o capim-jaraguá, boiada definha." Usava uns óculos escuros que mandou comprar em Puerto Suárez pra urubuservar as pessoas sem ninguém saber quem tava na mira.

10

—A vida sempre dificultosa mais pra ele que pra mim — contava Virgínio. — Tião nasceu numa capuaba de pau a pique cedida a um outro Tião, o pai, pelo sitiante onde trabalhava. Terra ressequida, dessas que chupam no ato qualquer gota d'água distraída. Seca tanta que nem suar no eito se suava; não fosse um jegue, já meio velho, a pelagem fusca, alvoroçada, lombo todo pisado da cangalha, água numa cacimba longe mais de légua, dia sim, dia não. Água barrenta às vezes, esverdeada e limosa, às vezes, mas água. Não beber é soberba, com sede água é água, água não aceita sujeira, quem tem sede... Já sentiu sede? Sede mesmo, de não se desperdiçar cuspe? Então não sabe... Otacília, a mãe, conheci pouco, uma pisquila; tentava criar oito filhos, fora os não sei quantos que tiveram sorte de nascer falecidos, desculpe falar assim, mas é isso mesmo, só quem viu acredita. Prenha desde que se juntou com Tião-pai, emendava uma barriga na outra. A cada ano mais uma boca pra sugar seu leite ralo, me contou Tião-filho. Pai chegava biritado e obrigava, até violento, crianças ouviam encolhidas por trás de olhos fechados, tapando os ouvidos, casa pequena. Sabe, né? Não fosse tão inútil, Tião, pai, manguaçasse tanto, teriam arribado pra Sampaulo, ajeitado a vida como o irmão dele, Joventino, dizia Cília. Tiãozão não gostava de plantar mandioca, gostava de plantar filhos e tomar cachaça. Além de não prestar, inda se deixou matar esfaqueado na currutela de Macambira, onde se finou em quizila por uma quenga no puteiro da Jacinta Querosene. "Pelo menos sem outro menino ano que vem", resmungou Cília, no enterro, sem saber que Tiãozinho ouvia. Coisa triste, sô. Fome muita. Tiãozinho e seus irmãos já passavam fome desde quando aquele pai fez eles na barriga daquela mãe, naquele lugar. Uma fome imortal. Quantas vezes as crianças enganavam o oco da pança com água de rapadura, bife de palma-de-espinho, pão de ouricuri ralado; inchava a barriga. Ano em que a chuva do caju não atrasava inda tinham macaxeira, estocada como farinha, quando dava, inhame, cará, batata-doce. Carne, mesmo, era de algum mocó caçado nas colinas com a velha flobé que o pai deixara, alguma traíra de cacimba, um ou outro mandi... As crianças mirradinhas e barrigudas em seus trapos de dar dó. Tiãozinho, coitado, chegando já aos sete anos, os cambitos secos como de seriema, ainda não conseguia ficar em pé; se arrastava sentado pelo terreiro, as mãos e a bunda calejadas, apanhando dos irmãos. Bom de pontaria com bodoque; paciente, fazia tocaia, e mesmo sentado — melhor se escondia na macega — vira e mexe conseguia matar uma avoante, às vezes até uma asa-branca, um calango pra reforçar a boia. Só o mano mais velho, Hercílio, lhe tratava bem; era o mais forte e o protegia dos que judiavam dele quando a mãe não estava perto. Assim vivia, a pele tostada pelo sol, o barulho repetitivo do estômago vazio em arrotos fétidos. Sofria de dia, à noite sonhava que era um gavião-de-penacho e planava alto dando piques pra bicar o irmão que lhe havia magoado, me contou meio envergonhado. Além de Herci era muito ligado a Tianinha, a irmã mais nova, a quem inventava estórias pra disfarçar a fome até o sono chegar. Acho que o menino só vingou por ter sido adotado por um criador de cabritos que passou por lá campeando cabra fugida, sêo Cícero Carneiro. O cabra parou no casebre de Otacília pra assuntar sobre o animal extraviado, viu a tristeza da mãe, tanta miséria, puxou proseio, ouviu dificuldades e tristuras, a morte do pai... Contou as crianças esparramadas pelo terreiro.

— Oito?

— É, dos vivos, agora.

— Se a senhora concordar posso levar uma ou duas crianças pra acabar de criar, já alivia um pouco, boca a menos — falou na maior delicadeza.

Otacília refugou, desaforo:

— Ora, já se viu!

O homem insistiu:

— Preciso mesmo duma criança, mulher não emprenha, melhor pra todos, que que tem? Continua sendo filho seu, só vou é acabar de criar. Depois dou uma cabra leiteira.

Paradeira de silêncios, olhares perdidos. Depois:

— Minha Santana!, nunca pensei ouvir essa proposta, mas... leve Sebastião!

— Qual?

— Sebastião Nonato, nome dele, aquele, sentado lá perto da cerca com o bodoque — voz falhada, braço magro apontou.

— Sebastião! — voz grossa de mando ecoou.

Menino olhou assustado.

— Bastiãooo! Venha, meu filho.

— Uai, dona, aleijado?

— Não é aleijo não, perna boa, mas fraca, falta é força, comida pouca, senhor sabe, vida não tá fácil por aqui, marido se finou... — olhar aflito, véspera de choro.

— Oi, dona, prefiro uma menina, companheira pra patroa, aquela maiorzinha ali...

— Nada! Meninas me ajudam. Não ofendendo: Bastião!, ou fique com sua cabra. É bom menino, se der comida logo fica forte, trabalha.

Tirou chapéu, manga da camisa na testa suada, coçou a cabeça, intentou trocar. Mãe não cedeu:

— É bom menino, só tem é fome, outros mais espertos na hora de comer.

— Bão, seja! Se a cabra desgarrada bater aqui, fique! Boa de leite. Levo menino mesmo pra experimentar, ver se arriba, senão... Bastião!

Bastião chorava seco:

— Mãe...

— Vai, meu filho, vai com o moço. Aqui não tem futuro procê, essa carestia, moço vai tratar bem, né, sêo moço? Vai comer, logo fica em pé. Vai, tem jeito não!

Irmãos olhavam espantados; mãe engolindo o choro, dela, pra depois, silencioso e seco, nos escuros das noites. Assim. Sêo Cícero colocou Bastião na garupa do burro, chegou a espora no animal e partiu apressado antes que alguém mudasse de ideia; menino soluçando, ranho amarelo escorrendo, trêmulo, nunca tinha montado, olhando pra trás com cara de quem viu matitaperê, até perder de vista a mãe, o casebre. Sacudindo num trote duro por entre aveloses, cansanções e xique-xiques desapareceram atrás do juremal, o burro desviando das coroas-de-frade, sol se recolhendo por trás do tabuleiro. Tião mesmo me contou, sêo Tonico. Sorte ou azar? Sei não dizer que ninguém sabe onde o outro caminho teria levado. Melhor morrer logo duma vez? Chegaram ao sítio do moço, escurecendo. Casa de adobe, pequena cacimba, brete com um magote de cabras e cabritos, galinhas, maxixe crescendo na cerca de pomar mirrado, bananeiras...

— Santinhaaa... cheguei! Não achei a cabra, mas veja o que trouxe pra criar: um menino, daquela gente que vive perto do morrote das faveleiras.

Mulher levantou as sobrancelhas, arregalando os olhos:

— Um menino? Mas Cícero... É aleijado? Tá doido é?

— É. Pois... nome Bastião. Criar. Ver se arriba. Se não... devolvo. Vai ajudar a gente, você não vai mais ficar sozinha quando viajo por aí.

Depois, com cara não tão ruim, dó e empatia, seduzida pelo olhar aflito do menino, companhia, filhos não tinham, muito trabalho, os dias longos, só, conversava com as criações, marido no sertão, viajando de uma feira a outra com seus cabritos e bodes. Outra mulher na vila, talvez, deixa pra lá que a vida no sertão é assim mesmo. Companhia. Alguém. Um menino, de olhos agoniados, mas gente, bonitinho até.

— Pois tá bom, se ocê quer, me incomodo não.

— Comida pronta?, chegamos com fome. Tião, balde d'água na cacimba, se lave, limpe esse nariz, depois venha comer. Tenho umas roupas, podem servir, mais ou menos, um pouco grandes mas melhor que esses trapos, Santinha vai reformar. E vou avisando, não me chame de tio, muito menos de pai, que não sou nem vou ser. Meu nome é Cícero Carneiro, mas pode chamar de sêo Ciço, e dona Sant'Ana Carneiro. Chame de dona Santinha.

Tião se arrastou, olhos esbugalhados de calango, trepou na cadeira, acanhado, não sabia onde pôr as mãos, desviava os olhos dos olhares curiosos da mulher que o vasculhavam de cima abaixo. Nunca havia sentado em cadeira, comido em mesa, usado colher. Fome maior que vergonha, comeu como nunca, olhando de banda, coisas que jamais comera antes, até a barriga doer, estufada. Acostumado a passar fome, a comida da casa dos Carneiros até lhe fazia mal. Dois dias depois, a mulher comentou com Cícero que o menino não estava passando bem, diarreia, vomitando.

— Nada não, Santinha, é só desacostume de encher o bucho com comida gorda, as tripas logo acostumam, vai arribar; já vi muito disso com os meninos do quilombo.

Depois que comia baixava tristeza, saudades da mãe, Tião chorava muito, mas sem se fazer ouvir, e no escuro pra sêo Ciço não ver. Sentia que dona Santinha ia gostando dele, ao contrário do marido; reparava nos olhos vermelhos, perguntava, ele disfarçava.

— Nada, não, cisco.

— Mas ocê tá melhor aqui, né, não?

Ele saía de perto. E assim ia... Em seis meses, Tião começou a se levantar apoiado em um bastão. Mais um pouco já caminhava, trôpego, espichando, parecendo gente, ajudando em pequenos trabalhos da casa. Logo que aprumou de vez começou a trabalhar no roçado, milho, abóbora, maxixe, batata-doce, cará, macaxeira, uma plantação de palma sem espinhos usada nas épocas de maior sequia, alimentar as cabras, serviço cada vez mais pesado. Quantas vezes levantava à noite e saía com um tição na mão, assustar suçuarana que rondava o brete? Quando esmorecia era ameaçado com rebenque de rabo de tatu:

— Pensa que trato docê praquê? Não fosse eu, já tinha morrido, ou ficado aleijado, sentado pra toda vida, seu peste. Você tem é sorte! — dizia sêo Cícero.

Tião cabisbaixava e voltava ao trabalho, que falar não carecia. O homem tinha sua razão, tinha é sorte, com a família, tivesse ficado, a vida toda bunda no chão, "bunda-suja", gritavam os irmãos. Mas sentia saudades, queria ver a mãe, Hercílio, Tianinha. Tião espichava magro, mas rijo. Conversa com sêo Ciço quase nada, só cobrança e ordenação de trabalhos: ele, sim-siô. Dona Santa ainda perguntava alguma coisa, respondia sim-sinhá, falava da seca, da saudade da família, sem notícias, sêo Ciço proibira de visitar.

— Esqueça. Sua casa agora é aqui!

Tião só, pastoreando, arengava com os bodes e cabras, que tratava com varadas e grosserias, mas não implicava com os cabritos; mais especialmente com uma cabrita, quase toda branca, de brincos e barbela, um olhar amarelado de meiguice; seduzida com espigas de milho nas horas de descanso quando encontravam a sombra dum juazeiro, aí conversavam e ele lhe fazia carinhos, dava um ramo de juazeiro pra ela mastigar; massageava as tetas inda pequenas, ficava dengosa, meneava a cabeça pedindo mais carinho, e folhas. Um dia, em segredo, Tião me disse que era ela quem ouvia seus desejos mais secretos, sonhos de fugir, raivas e pragas que jogava em sêo Ciço, a saudade da mãe e mais ainda do Herci. Branquinha ouvia tudo, atenção danada, olhos líquidos de cumplicidade, chacoalhava a cabeça, balangava o rabo e roía o milho que ele trazia escondido no picuá. Numa das vezes em que sêo Ciço viajou pra mais longe, vender uns cabritos no povoado, Tião saiu de fininho tentando voltar pronde morava. Anos passados... Quantos? Assuntou o rumo e foi tocando pelas trilhas ressecadas, o sol arrogante no céu transparente de um azul atrevido ricocheteava nos grãos de arenito erodido, crestava a pele ardida. Foi seguindo no rumo que desconfiava até que começou a respirar um ar conhecido. Percebeu que havia chegado em terras donde havia nascido, mas demorou pra reconhecer o lugar. Só ruínas da tapera onde viveu no tempo em que rastejava, a cerca meio tombada, o umbuzeiro velho com os galhos secos espetados pro céu em prece de pedir chuva, as ralas ervas ressequidas, seca, de se economizar cuspe. No caminho foi que me conheceu, Virgínio Barreto, mais conhecido como "menino da Clarice", pra não falar de outro nome com que me apelidou tia Caci, aquela infeliz. Eu era um negrinho, magruço como ele, pouco mais velho, ainda não tinha essas manchas esbranquiçadas na pele, carapinha embaraçada. Vivia com uma parentalha no que fora um quilombo. Perguntou da família, dele, se conhecia; respondi que ouvi dizer que mãe e irmã mais nova haviam morrido, enterradas pelos filhos sob o pé de umbuzeiro; os outros haviam debandado, irmãs levadas por um mercador que vagava por aquelas bandas, dois irmãos mais velhos foram pro sul em um pau de arara, dos outros nada sabia. Seus olhos molharam, engoliu seco e suspirou fundo. Pois é, sêo moço, vida triste a do Tião. Mas digo pro siô que a minha também não foi nada fácil e até me admiro do tanto que tô durando. A mãe não conheci, morreu no parto, quase menina. Disseram que se chamava Clarice e era uma negrinha alegre e bonita. O pai conheci muito depois, uma vez ou outra, quando aparecia na casa da irmã dele, a tia Caci, Cacilda Barreto, valha-me Nossinhora d'Abadia. Mas o pai, fosse como não conhecesse, era metido com jagunços; levou pra tia me criar logo que mãe morreu. Vez em quando vinha se esconder no quilombo, quase não falava comigo. Tia Caci era uma praga, gostava de mandar e bater, tinha gosto em judiar; do que me alembro, trabalho desde que comecei a andar e entender ordens faladas: "Menino faz isto, limpa isto, busca isto, vai no...", assim era. De pequeno me chamavam de urubuzinho, depois urubu. Já estava com uns oito anos quando um vaqueiro que passou no sítio da tia me ilustrou. "Quando lhe chamarem urubu responda: meu nome é Virgínio Barreto. Urubu? Só se fosse seu irmão." Às vezes respondia isso quando a tia não estava por perto, dependendo da pessoa. Só passei a ser chamado de Virgínio depois que conheci Tião e migrei pro Mato Grosso. Apesar do que Joca falava sobre a fazenda minha vida melhorou muito depois que cheguei aqui. Virgínio, Virgínio Barreto. Nome que a mãe Clarice queria me dar. Além de trabalhar no sítio da tia Caci, cuidando dos porcos e rachando lenha, ela me empregou numa pequena bodega que vendia de tudo em Acauã. Ia no clarear do dia em um jumento velho e voltava no escurecer, catando lenha no caminho. Salário nunca vi; tia Caci tirava em mercadorias no final do mês. Na bodega fazia de tudo, limpeza, descarregava as mercadorias, levava encomenda. Passei a pesar mercadoria depois que me ensinaram a roubar no peso, um pouco, dependendo do freguês, conforme me fazia sinais o dono da bodega. Mas o serviço de que mais gostava era servir os pinguços e ouvir a conversa deles. Tinha cachaça com várias ervas, raízes e até uma com cobra-coral, desbotada de tão velha. Eu sempre bebia o resto dos copos, quando sobrava um pouco. O serviço até que não era tão ruinzinho, o pior era voltar pra casa e enfrentar a tia e os tabefes. Foi na bodega do sêo Marcílio Bezerril, era esse o nome dele, que conheci Zeferina. Menina muito esperta, e corajosa. Foi ela que inventou o sonho de fugir daquela tristeza. "Isso não é vida, Virgi", dizia ela. "Aqui vamos nos acabar que nem esses cachaceiros ou viver no quilombo. O mundo é grande. Nada pode ser pior do que aqui." Era filha temporã de um velho seleiro, viúvo, que tinha pequena propriedade na estrada que levava ao quilombo. E ficamos nisso, sonhando planos, mas sem saber como fugir, e pronde. Tempos depois conheci Tião. Como já lhe disse, apareceu um dia no quilombo procurando notícias da mãe dele, uma tal de dona Otacília. Tia Caci e o macho dela conheciam mas não eram amigos, só sabiam da existência uns dos outros, as mesmas dificuldades. Não era longe. Eu era mais velho que ele, mais vivido, experiência na bodega. Preto, como o siô vê, se bem que agora estou malhado; não sabia ler, mas aprendi a mexer com números, no boteco, que burro não era, hoje diria que era apenas ignorante. O fato é que gostei de Tião logo no primeiro encontro e ele também gostou de mim, tenho certeza. A gente tinha ideia de fugir, mas Tião tinha muito medo de sêo Ciço, achava que ele ia perseguir, trazer no laço, sei lá. Nos afinamos, eu e Tião, nas raivas e tristezas, e trocávamos conversa quando nos encontrávamos, vez em quando, falar das misérias da vida, planejar como fugir dali, daquela secura. O mundo não devia de ser só isso, como dizia Zeferina. Mas Tião tinha medo de sêo Ciço, iria atrás, cobrar por tê-lo criado, a comida que gastou com ele, não escaparia, consequências. E depois, fugir pronde? E como? Caminhando sem rumo?

11

— Sêo Virgínio, uma coisa ia esquecendo, é que lá no retiro, onde o senhor disse que Tião morava, quando acampei, intriguei com uns rastros de pés descalços na areia da praia, acha o quê, quê...?

Virgínio tirou o chapéu, coçou a cabeça, como querendo desconversar.

— Brincadeira não, sêo Virgínio! Vi rastros de gente, rastros frescos feitos na noite em que lá acampei, pode crer.

— Anhangá, Sinhora d'Abadia!, apois, não descredito. Corre por aí que são de dois índios, um inda menino, duma aldeia no Pará dizimada por garimpeiros, fugiram pra cá. Devem ter visto a fumaça da sua fogueira. Índio é bicho muito curioso, foram assuntar. Pode ser. Eu mesmo nunca vi, nem rastros, mas tinha gente aqui da fazenda que costumava pescar naquelas bandas que diz que viu os dois de relance. Andavam nus, pirocas de respeito balangando, sempre com uma semente de fogo, dizem. Perigo não, mais ariscos que zabelês na muda. Depois do que os garimpeiros fizeram com o povo deles, vivem se escondendo, uns coitados. Pode ser, deixa pra lá. Mas continuando nossa estória, a vida aqui na Tabocal era muito diferente da vida no Piauí; difícil também, mas aqui não tem fome e, muito melhor, não tem seca braba, que água aqui, sêo moço, é fartura tempo todo, até na época de estiagem; rio pode minguar um pouco, mas seca nunca. Agora, encher enche, e como!, chega a assustar o arraso que faz nas baixadas; precisa ver, bichos subindo as barrancas, cobras em quantidade escapando dos alagados, a água vai subindo e elas também, chegam a invadir as casas, cobras de todos os tipos; tem gente que come, as maiores, e até gosta, mas eu mesmo não sou chegado, não gosto da catinga. Bem, aqui chegamos no tempo em que o desmatamento era um despropósito; agora continua, mas um pouco disfarçado; na seca era trator, machado e fogo, uma trabalheira, abrir as primeiras clareiras, depois, na chegada das águas, semear capim-jaraguá e um capim novo por aqui, a tal da braquiária, conhece? Se quiser podemos fazer um gole de garapa pra adoçar a boca, inda tem um pouco de cana abandonada perto das casas da colônia. Agora, puder me emprestar mais um pouco de fumo vou aceitar com gosto, fim de mês... Como estava contando, chegamos aqui no sonho da esperança, mas só mudamos de patrão, se bem que aqui, fome mesmo nunca passamos, que a terra é boa de cultivar, tem peixe e caça... mas a lida é dura e o pago só dá pra sobrevida. Fiquei mais na enxada e fazendo um pouco de tudo, isto é, o que mandavam. Tião não, treinado pra cuidar de gado, mudou de cabra pra vaca, virou peão, que tucano em época de ventania não põe bico pra fora da toca, a gente faz é o que mandam.

— Não sei se contei que a mulher de Tião era uma bisca, o filho de pouca valia e a filha, menina estranha, acho que foi a culpada de tudo.

— Tudo?

— É, a mulher, Zeferina..., bem que avisei, mas Tião não fez conta, e até entendo, ela tinha seus encantos, se bem que de um modo ou de outro toda mulher tem, às vezes é preciso procurar, saber ver, que tem, tem, precisa é jeito pra encontrar. Rita tinha. Mas, porém, mulher é mulher, nem precisa ser bonita, só tem que ser fêmea, que de olhos fechados também é bom; quem tem mulher sestrosa sabe, desfruta, mas é um nunca relaxar, trazer no tento, né, não? O senhor é viajado, deve de saber mais de que eu essas coisas de mulherio. Eu?, negro velho... Tem noite que inda sinto falta dela, Rita, que Deus a tenha; trabalhadeira, morena escura, cor de jatobá, daquelas de canela fina, traseiro arrebitado, raça boa. Toda mulher tem sua serventia, mas, se puder, escolha uma de canela fina, dizia meu pai; trabalhadeiras. Logo depois que morreu minha Rita falta era grande, afundei em tristezas, mormente nas noites quando garrava lembrar. Daí que peguei um pilão, grande, aquele que siô viu ali na cozinha, vesti com um vestido que ainda tinha um pouco de cheiro da Rita; dormia abraçado; depois fui acostumando; por um tempo andei caçando mulher boa pra meu usufruto, mas só encontrei trastes, fiquei na saudade, imaginação; daí foi passando que com tudo se acostuma, e com a idade chegando baixa fraqueza, siô ainda não sabe de que estou falando né, não?... Vai ver quando seu tempo chegar. Tirei o pilão da cama, incomodava, mas inda guardo o vestido dela, mesmo sem cheiro. Cheirei tudo. E tinha jeito? Morasse na vila, talvez, mas não procurei outra pra morar comigo que as de agora não sabem nem fazer uma goiabada. Minha Ritinha não; se experimentasse a comida dela... fazia um guisado de paca, adubado com toda sorte de temperos. A gente se vivia muito bem! Pode não acreditar, mas nessa velhice toda inda sonho com mulher, lembro bem de todas que conheci, de cada uma; de cada vez. Mulher incomoda, mas faz falta, acha não?

Virgínio também contou que tempos depois, segundo Tião, se deu que sêo Ciço saiu cedo dizendo que voltaria pro almoço; não voltou, nem pro jantar, nem dia seguinte. No dia depois do seguinte, dona Santinha, preocupada, mandou Tião campear. Andou a manhã toda, subiu nos morrotes, gritou pros quatro cantos. Nada.

— Deve de ter ido na vila.

Dona Santinha, desconfiada, queria que Tião fosse até a vila, assuntar, suspeitosa de outra dona, que sêo Ciço era bisca, isso era.

Nem bem clareou, caminhou como ema solteira, chegou na vila com sol acendendo as brasas do meio-dia, ar quente chegava a desfocar a paisagem; nem saúva cabeçuda saía da toca, as folhas do juazeiro desmaiadas de tanta secura pendiam dos galhos na maior tristeza.

No armazém ninguém tinha visto sêo Cícero Carneiro. Nem na vila. Na volta, escurecendo, encontrou o burro arreado, voltou montado, no escuro. Encontrou dona Santa aflita, torcendo a barra da saia em premonição e andando pelo terreiro como quem procura o que não sabe que perdeu.

— Deve de ter caído, quebrado uma perna; amanhã cedo vou, dona, agora já não se enxerga quase. Gritei por aí tudo e nada, nem um rastro e sem o burro não pode ter ido muito longe, manhã cedinho procuro, agora não adianta.

Dona Santinha passou a noite rezando, acendendo vela na vela. Nem clareou, acordou Tião. O burro subiu o tabuleiro em trote lento como soubesse pra onde ir. Naquele solão sentiu a sombra de um vulto cruzar a trilha, olhou pra riba, roda de urubus planando em círculos negros sobre o lajedo da suçuarana. Pressentimento, coisa no ar. Direcionou o burro no rumo dos urubus, varando macambiras e xique-xiques, depois foi se guiando pelo fartum. Sob um esqueleto de árvore, coalhado de folhas negras empoleiradas foi que o viu, a barriga já bem inchada, caído numa bocaina. Dois urubus mais afoitos empoleirados no corpo saíram trotando meio de banda fossem caranguejos de brejo; grasniam e olhavam pr'ele em desacordo e só levantaram seu voo desengonçado quando atirou uma pedra. Inhaca. Lugar de cascavel, burro deve de ter empinado de repente, sêo Ciço desprecatado com a ideia no que não devia caiu, cabeça na pedra. Podia ser, estória que ia contar pra mulher... sêo Ciço tinha desaventes, mas não via buraco de faca nem tiro. Com muita dificuldade conseguiu colocar o corpo atravessado em cima do burro, mãos e pés amarrados por baixo da barrigueira, veio puxando pelo cabresto. Dona Santa caiu em desespero. Tião disse que ele mesmo não sentiu nada, nem pena dela, uma estranhada espécie de alívio, seco por dentro, se achou até um pouco malvado, se desconhecendo, se bem que pra ele morte não era novidade. Pediram ajuda prum vizinho, levaram o corpo no lombo do burro pra ser enterrado no arraial da Canela Seca, onde morava a mãe de sêo Ciço. Dona Santa, mergulhada em tristezas, começou a vender as cabras, as galinhas, e só conversava com sua Sant'Ana, rosário na mão. Tião tinha pouco o que fazer no sítio e sem a ameaça de ser perseguido pensou em procurar lugar melhor pra viver. Sentiu que podia partir, não sabia bem pronde. Onde não tivesse tanta seca, cidade. Tanto havia pensado em sair dali... A mulher sempre o tratara bem, ao contrário do marido. Depois que enviuvou, perdida na solidão das chapadas, entrou a viver em desesperanças e, passado pouco tempo, decidiu que lá mais não ficava, ia vender as terras, mudar pra vila. Tião não tinha mais nada a fazer por ali. Se bem que às vezes pensava: não fosse sêo Ciço, ainda estaria sentado, se arrastando pelo chão (?). Desde que chegou no sítio comida nunca lhe foi negada. Mas pena não sentia. Não, nadica.

Sem trabalho, Tião passou a se encontrar mais com Virgínio, perambulavam pelos sítios vizinhos em busca de algum serviço temporário, na espera de migrar pro sul. Foi então que se aproximou de Zeferina da Ora, menina desenxabida que só falava em fugir de casa. Vivia em constante pendenga com o pai, velho seco e encarquilhado como um facheiro, bravo como boipeva, sempre fiscalizando, fosse um coronel, regulando tudo que ela fazia, até bater nela com cipó-de-boi batia. Tião passou a reparar mais nela, já como homem repara em mulher, essas coisas. Mandava um olhar de interesse. De volta recebia um olhar soberbo de coruja-buraqueira e um quase sorriso, provocador, que o alvoroçava mais ainda. Começaram a se encontrar sem a presença de Virgínio. Foram aprendendo juntos, mas foi ela quem lhe ensinou quase tudo. Antes dela, só fazia com Branquinha. A cabrita ficava quietinha e olhava pra trás com seus olhos grandes e molhados, enquanto ele se servia.

Ainda nas terras de sêo Ciço, aguardando. Ia ser um ano brabo. De chuvas nem sinal; de umidade nem sereno. O solo escabroso; o que já fora capim desistia de viver, cabeleira seca e eriçada na brutidão da terra calcinada, da laterita esboroada.

O céu, um azul de sanhaço, alto. O sol reverberava sem dó na malacacheta como a vingar-se dos homens. A terra desvestida de qualquer verde. Os poucos urubus não migrados olhavam com desconsolo as ossadas brancas, nem a mais mínima pelanca.

12

Foi que uma tarde de vento quente um vaqueiro magro, gibão
de couro, cavalo inda mais magro, bateu por lá no quilombo,
pediu caneca d'água, apeou. No proseio contou que na vila
um homem, tratado por João, de profissão gato, procurava
trabalhadores para fazendas que estavam sendo abertas no
Mato Grosso. Perguntando daqui e dali eu e Tião encontra-
mos sêo João-gato na feira. Cabra barrigudo, meio careca,
barba ruiva, olhos de cobra-verde; fumava cigarrinho fino de
papel branco, um no outro acendia; conversa fácil e amistosa,
dentadura alva, contava maravilhas de outro mundo, Mato
Grosso. Acertamos a viagem; o homem ficaria com os salários
do primeiro e segundo mês, pagos adiantados pelo fazendeiro
em troca do carreto e comida na viagem. Embarcamos uma
semana depois apertados em pau de arara com outros reti-
rantes, todos com cara de fome, cheirando a falta de banho.
Zeferina teve mais sorte e foi com o sêo Gato e o motorista na
boleia do caminhão. Viagem longa, estradas ruins, comida
pouca, de fazenda em fazenda, desovados aos poucos pelo
caminho.

Eu, Tião e Zeferina apeamos na fazenda Tabocal. Eu na lavoura, Tião aprendeu a lidar com gado e começou sua vida de vaqueiro, Zeferina na sede, limpeza e cozinha.

— Mas, sêo Virgínio, o senhor veio pra cá, montou praça, quero dizer, acho que criou família porque disse que sua mulher, dona Rita, morreu.

— Pois foi que conheci Rita, Rita Maria Alves, o nome dela, vez que fui levar manta de carne de sol pruns parentes do doutor Trabuco em Alta Floresta. Ritinha era empregada lá. Se engraçou comigo, voltei lá outras vezes. Era bonitinha, posso dizer pro siô; canela fina, trabalhadeira, maneirosa. Um dia tomei umas, criei coragem e pedi pra vir morar comigo. Aceitou, mãe tinha birra com ela, muito chegada no padrasto, só pediu um tempo pra patroa arrumar outra empregada, e um dia veio de mala e cuia me procurar na Tabocal. Consegui uma das casinhas dos colonos e começamos a vida; dois meninos, hoje crescidos, saíram pro mundo levados por amigos do dono da fazenda. Parece que um deles foi pro Paraná e não sei por onde anda; o outro arrumou emprego em Melgaço e se casou com uma branquela. Este, quando soube que a mãe havia morrido, veio me visitar com a mulher e um filho pequeno. Disse que poderia me mudar pra cidade, mas pela cara da mulher dele vi logo que não ia dar certo.

— E dona Rita?

— Depois que os filhos foram embora perdeu a vontade de comer, começou a emagrecer, barriga inchou, olhos amarelaram, chorava muito. Um médico que veio pescar aqui disse que era um problema nos rins, que estavam inchados, precisava duma máquina de lavar o sangue, coisa muito complicada.

Tinha que ir pra Sampaulo; médico bonzinho disse que ia ver se arrumava alguma coisa por lá e ficou de avisar. Rita piorando, piorando, levei pra cidade, mas já não adiantava mais.

— Quando chegamos aqui, a fazenda Tabocal não ia bem, o trabalho pesado, muito, mas a gente se sentia mais livre que antes — contou Virgínio, e continuou:

— Aqui comida e água não faltam, riozão esse Guaporé que o siô conhece bem, seca nunca. E onde tem água tem planta e tem bicho, um despropósito de fartura de tudo. Lá na caatinga e no agreste a gente conhecia cada pé de pau. Mas aqui, sêo moço, eu quase não conhecia nada, e ainda não conheço, é tanta planta, tanto pé de pau, um não acabar mais de folhagens e frutas, plantas de todo tipo e tamanho, só mesmo um velho pajé nambikwara. Na caatinga não. Árvores mirradas e enfezadas que só vestem folhas verdes quando dá uma chuvada e se defendem do gado e das cabras com espinhos de todo tipo; esqueletos cinzentos de troncos e galhos retorcidos se erguendo do chão esturricado a mendigar uma gota d'água. Verdes, no estio, só mesmo os cactos, que trocam suas folhas por espinhos pra economizar água. Nos tabuleiros matacões e rochas aflorando em lajedos aplanados, e nos desvãos das fendas e grotas, onde por acaso se junta um pouco de terra e umidade do rocio, os candelabros dos xique--xiques fincam suas raízes teimosas, os espinhos mais duros; coroas-de-frade com seus cocurutos cor de barrete de bispo; palmas-de-espinho, que enganam a fome e a sede da gente quando a chuva tarda demais; mandacarus que de noite assombram, braços abertos, flores anchas refletindo o luar como guias ao caminhante atrasado, festa para os morcegos que lambem o mel quando o sol se esconde; e os quipás com suas florezinhas cor de laranjada, escondendo espinhos finíssimos que se sente mas não se enxerga; nos pés de morro o cansanção de folhas ardentes que empolam a pele dos desatentos... e é só nas baixadas, onde algum folhedo se junta e alguma minhoca teimosa faz residência, onde acumula um pouco de húmus, que vicejam o ouricuri, a oiticica e, com sorte, até pés de fruta boa como mangabeiras e umbuzeiros esquivos. De resto algum pau-santo, pau-pereiro, quixabeira, baraúna, aroeira, a umburana perfumada, as favelas garranchentas que ferem e provocam ardências insuportáveis; a macambira com espinhos que nem unhas de gato que rasgam a carne dos distraídos, arde fogo, inflama em pus; essas as plantas onde fui criado e conhecia, cada uma. Mas mesmo assim, sêo moço, a caatinga também tem sua beleza, e muita! É só saber olhar, com olhos de quem quer ver. É como toda mulher, cada uma com sua beleza, acha não? Agora cá no Guaporé é outro mundo, as árvores não perdem as folhas e é sempre esta verdoenga paisagem ano todo, de assoberbar quem já foi caatingueiro. Os naturais daqui nem percebem, nem sabem como o verde faz bem pra quem foi criado no cinzento da secura. O siô que é viajado, sêo Tonico, já reparou que cada árvore tem seu tom de verde? Preste atenção. Aqui são tantas, como já disse, de nomes tão estranhos, que ainda continuo aprendendo, sem falar nos capins e nas ervas e outras plantas rasteiras. Pois é, aqui tem árvores de todo tipo e tamanho. Árvores gigantes, a castanheira, que não recebe sombra de ninguém e com suas castanhas gordas faz a delícia das gentes e das cutias e mata a fome dos seringueiros, mas quando demais, caganeira; a seringa leiteira que rende bom dinheiro pra quem sabe ordenhar e defumar, jacarandá-mimoso e carobinha arroxeando a paisagem, jatobás com suas caixas de guardar óculos, cheias de sementes rodeadas de polpa seca e doce que enverdecem os dentes das crianças; peroba-rosa e peroba-branca, pau-de-pombo, angelim, freijó, guaçatonga, ipê-rosa e ipê-branco, mulungu, tarumã, sapucaia, sucupira, piúva, carobão, lagarto, munguba, açacu, licurana, guanambi, bacupari, canafístula, jeniparana, tantas e tantas que nem dá pra falar e ainda tô aprendendo; e muito bicho, bicho de porte, canguçu da preta e da pintada, e caça, anta, capivara, caititu e queixada, paca e cutia e tatupeba e tatu-galinha também, e jacaré-açu e papo-amarelo, e o siô fala um nome de bicho e aqui tem, e tem também muita imundície de cobra, de todos os tamanhos e peçonhas, das gigantes, sucuriju que come facinho um bezerro, e das brabas como a surucucu que aleija, mata e remata. E bicho que avoa então é um despropósito, passarinho de todo tipo, de comer, de ouvir e de só olhar e encantar com os coloridos: do jaburu tuiuiú, o maior, até um beija-flor do tamanho de mamangava, e dos de comer, os patos e irerês e paturis, mutum, jaó, inhambu-xintã e chororó, e jacu e jacutinga, e pombas de todo tipo; e dos que se pode mas não se costuma comer há demais, como a saracura-três-potes, jaçanã, e garças variadas e maguaris, socó-boi e socozinho, e talha-mar, e biguá e biguatinga, papagaio-verdadeiro, araras, maritacas, periquitos e seus parentes, e dos passarinhos bonitos e de se ouvir nem vou falar pra não cansar sua paciência, e também porque o siô que anda pelos matos é capaz de conhecer mais de que eu. Agora se for falar de peixes, é também um deus nos acuda, de toda espécie e tamanho, desde a arraia-pintada e arraia-de-fogo, pacu, caranha e tucunaré, pintado, surubim, jaú e cachara, bicuda e cachorra, mandibé e alumínio, e aruanã, o mais bonito, que caça borboleta com cusparada certeira; e não se pode esquecer das piranhas, vermelha, prata e preta, espinhentas porém de gosto apreciado, e o elétrico ou poraquê, choque forte que dá tremedeira, e mais e mais, sem falar nos pequenos lambaris e piabinhas, e até o tal do boto que bufa atrás da canoa assustando o canoeiro distraído, peixe que não é bem peixe, sangra vermelho como gente, e dizem que os filhotes mamam na mãe como bezerros, se bem que ver o bicho mamar nunca vi e, dizem, até fuma. E água o ano inteiro, das vezes até demais que é uma voragem de inundação e apavoramento...

13

— O capataz? O chimite só saía da cinta pra debaixo do travesseiro, porque inimigos tinha. Destoava daquele homenzarrão sua vozinha pequeninha e fanha; ordenava, que pedir nunca aprendeu; grunhia ordens, obedecer era o que restava. Tipo traiçoeiro, ruim? Mais. O cabra era malvado, mesmo, de nascença, nasceu com dentes, arrancava sangue das tetas da mãe quando bebê, diziam em surdina os mais velhos, Sinhora d'Abadia! Quem tinha nariz mais apurado sentia aproximação dele de longe anunciada pelo cheiro fedorento do charuto babado que não saía da boca mesmo apagado; aves levantavam voo assustadas antes dele chegar; plantas ficavam tristes, murchavam até. E diz-ques quando partia deixava rastro, um fio de gosma fosse lesma. Cá pra nós acho até um pouco de exagero. O povo daqui gosta de aumentar, ainda mais depois que ele se finou. Cada um conta sua estória, inventa, aumenta, vai saber o que é, o que foi. Seja. Estórias!

— Tião morava só com a família no retiro?

— Foi um dia, ainda cedo, antes de começar a lida, Hellmut Caduveu chegou no tugúrio de Tião, uma casinha mais afastada do renque da colônia e gritou: "Tiããão". Nem apeou nem bons-dias. Tião apareceu na soleira esperando pelo pior, tirou o chapéu, falou: "bom dia" e ouviu: "se prepare que depois de amanhã o caminhão vem pegar seus bagulhos e a família. Vai tomar conta do Retiro do Rio Verde."

Do alto do seu alazão o capataz deixou cair o charuto que rolava de um canto a outro da boca. Tião, cabisbaixamente, tirou uma mão do bolso, apanhou o charuto babado, limpou a terra na fralda da camisa e estendeu. Hellmut pegou, torceu e jogou fora.

Tião olhou pra cima, sem encarar, a reclamação muda não saiu da boca entreaberta. Hellmut encarou pra baixo e balangou a cabeça em desaprovo; nada falou, nem precisava. Tião encalcou o chapéu até as orelhas, enfurnou as mãos nos bolsos, e ficou olhando siô Hellmut puxar a rédia e meter a espora no animal, que saiu no trote levantando poeira.

O dito retiro, sete léguas da sede, uma puxada mesmo a cavalo, barranca do Guaporé, quase boca do rio Verde; do outro lado a Bolívia. Tião sabia que ia morar na casa abandonada do retireiro que enlouqueceu depois que a mulher fugiu e a filha se finou de maleita braba: pulou na Quatro Quedas, nunca acharam o corpo, vai saber, pelo menos foi o que disseram. Tião pensou em Zeferina e Luz. Difícil!

Ao ouvir a notícia sobre a mudança, Zeferina, sobrancelhas indignadas: "Na casa do retireiro louco? Ouvi dizer que lá é o fim do mundo, vamos ficar perdidos naquelas brenhas, meio do mato, sem recurso, diz que não vai, não aceita."

Pro retiro ninguém queria ir. Além de pintadas e suru-cucus corria que, uma vez, o velho Simplício Aratanha, ex--ladrão de cavalo, homem de palavra, fio de bigode, peão dos mais arrespeitados na região, ouviu o espírito do retireiro louco num lamento de outro mundo gemebundo em noite de lua minguada, alma penada vagando pelas cumeeiras da casa abandonada. Noite de arrepios, sem pregar olho, trasgos por todos os lados. Disse também que viu luzinha azulada apare-cendo e sumindo por cima de um brejal como sinalizasse um sinal. Boitatá! Assustou. Nunca mais que foi pescar mandibé naquelas bandas. Mas não era isso que assustava Sebastião Nonato, meu amigo Tião, nem esturros de canguçus. Pra ele o que Simplício Aratanha ouvira foi, decerto, o canto arre-piante da mãe-da-lua, um tipo de urutau da mata densa que geme como alma penada na boca da noite e assusta quem não conhece; e o tal do boitatá, Joca me disse, é um tipo de fogo azulado que ele mesmo já tinha visto uma vez num seringal onde enterraram um índio zoé. O que incomodava mesmo Tião era a pressão da mulher, que empacou e não queria ir.

"Fale com sêo Vermute, que mande outro... Diz que não vai... Mande outro... não seja tonto, homem. Diz que não quer... mande outro..."

Tião disse que havia reclamado mas seu Vermute amea-çou cobrar dívida do armazém. Ia preso. Fazer o que na vila? A-nal-fa-be-to, desempregado, só sabia mexer co'o gado, tinha jeito não. Falou pra mulher que o retiro não devia de ser tão ruim não, tinha muita fruta, peixe, caça, iam ficar mais sossegados, que todo fim de mundo também tinha suas vantagens.

Tião não ligava, criado no mato se entendia mais com gente-bicho que gente-homem; com estes acanhava, se recolhia, molusco encabulado no fundo da concha. Mas a mulher... ah, a mulher não era fácil, resmunguenta, atrevida, desconformada de tudo, da vida. Tião achou até boa a mudança. Pelo menos Zéfe ficava mais longe do filho do capataz, sempre arrodeando; bode no farejamento de cabra no cio. Quando passava o dia fora campeando gado desconfiava em segredo. Melhor não apurar. Tião preparou a mudança, amontoou tudo no caminhão da fazenda, uma mesa, uns bancos de costaneira que ele mesmo fizera, chapa de ferro pro fogão, panelas, uns outros petrechos e ferramentas, umas galinhas, amarradas e penduradas num feixe de cabeça pra baixo, colmos de cana-caiana e ramas de macaxeira, pariparoba, losna, arruda, sementes de panaceia e de catuaba, umas outras pra remédio... Tião foi na égua Guaraná, trotando na retaguarda, seguido pelo Pacu, cor de porta, Matrinxã, cadela palha de milho, com uns chuviscados de carvão, e Lambari, escuro de noite, uma pata suja de leite, línguas de fora, esbaforidos todos pela jornada. Seus cachorros sempre tiveram nomes de peixe segundo lhe ensinara um quilombola mandingueiro que aparecera um dia em terras de sêo Ciço quando ainda vivia no Piauí: vacina contra doidice de agosto, mês de ventanias, que peixe não tem medo de água, cachorro louco sim. Os meninos sentados em cima da carga, a mulher ao lado do motorista; daquele motorista! Sirigaita, Virgínio sabia. Tião... Fazer o quê? No rumo do retiro Tião ia conversando com a égua baia em cumplicidade antiga; com ela se entendia, não precisava nem explicar o que queria, leve toque dos joelhos, puxadinha na rédea e Guaraná obedecia, antecipando intenções do cavaleiro. Não usava esporas, rebenque nunca. Falava bem baixinho no ouvido dela pra ninguém mais ouvir:

— Minha eguinha querida, veja onde o bugio barbudo nos veio meter, fim do mundo, eu nem ligo muito, mas a mulher, a menina, o menino vão gostar não, isolamento. Que posso? Você? Você faria o quê? Só aí balangando o rabo prum lado e proutro, espantando as mutucas, como se nada. Das vez que deve de ser bom ser égua; queria entender melhor sua língua, ouvir sua opinião sobre este mundo, tanta coisa... mas cá entre nós preferia ser cavalo, inteiro, é claro, pra lhe namorar...

— Tião, isto é o fim do mundo, mato só. Longe de tudo, ilhados. Aqui não fico. Conversar com quem? Veja a casa, parece o Piauí. Tonto é que você é, tonto! Podia não vir, fincasse pé...

— Mulher, tão ruim não, ajeitando, aos poucos...

— Não! Ficamos um mês, depois voltamos...

— Despedido, tenho débito na fazenda...

— Vamos pra vila...

— Fazer o quê...

— Cê tem sangue de beterraba — mastigou pra dentro.

— Quê?

— Nada, deixestar. Minha avó dizia que quem nasce pra galinha nunca chega a carcará.

— Quê?

— Deixestar, cê vai ver... Aham!

Com a ajuda do motorista deu uma ajeitada na casa, uma porta, duas janelas, dois quartos, no meio a cozinha; um pouco retirado um quadradinho cercado de taquara rodeando um poço seco de umas duas braças, pras necessidades. Cortou duas folhas de babaçu pra servir de porta, improvisou assento com paus e uma cadeira velha. Assim que ficou pronta já usou e aprovou funcionamento. A casa foi limpa, janelas e portas consertadas, buracos tapados no chão de terra batida. Se instalaram, nos cafundós, mulher reclamando:

— Tião, isto é uma ilha, dum lado o rio, doutro a mata, longe do mundo, condenada, não fico!

O filho, amuado, fazia que sim com a cabeça em concordância com a mãe. Filha dizia nada, só ajudava e sorria pro pai, sorriso leve de conformidade. Mal o caminhão foi embora Tião pegou a enxada e começou a limpar o mato em volta da casa, mor de evitar jararacas e surucucus, enquanto a família ajeitava os poucos pertences que havia trazido. Encarregou os filhos de limpar uma mina d'água que grogolava perto da casa, colocar umas pedras pra empoçar: água boa e fresca pra beber e cozinhar.

— Pai, tem lavandeiras, daquelas de rabo azul-aceso, a água deve ser boa mesmo...

Com o passar do tempo foram melhorando as condições da casa, aos poucos, mais habitável. A cana e a macaxeira prosperavam. Cercou com taquara uma parte mais plana, uma horta, chuchu, abóbora, maxixe, cará, inhame, abacaxi... ia-se vivendo. Com a ajuda do filho montou engenhoca pra espremer cana, dois paus roliços bem encaixados, um com uma espécie de manivela pra girar; entre os paus se enfiava a cana com os nós já amassados, um pedaço de lata dobrada em V recolhia a garapa que escorria verde-amarela, se economizava no açúcar. Café era fervido na própria garapa. Às vezes a filha fazia um pouco de rapadura. Conseguisse chapa de cobre planejava casa de farinha, era preciso ir melhorando sempre, aprendera com sêo Ciço. Zeferina sabia fazer tipiti de taquara pra drenar a massa; ela e a filha tinham tempo de sobra, só cuidar da horta, cozinhar, bater a roupa no rio, quarar, pescar... Dia seguinte da mudança, Tião começou a nova lida, consertar a porteira e as estroncas, pregar as tábuas do mangueirão que haviam se soltado; semana vindoura o capataz começaria a trazer mais gado. Era ele só pra dar sal, curar bicheira, manejar o gado de um piquete de pasto pra outro, pro capim não minguar; boiada grande, responsabilidade. Quem cuida de animal sabe, não tem domingo, feriado, dia santo, todo dia é dia, igual, um emendado no outro como um rosário sem começo nem fim, lhe ensinara sêo Ciço. Começava inda escuro, bezerros mugindo em busca das mães, mangueirão enlameado, bosta pra todo lado, de atolar, adubo bom pra horta. Primeiro canto do galo, galinhas inda no poleiro, só Pacu saía com ele, cachorreando, rabo feliz, franzia um lado do beiço, mostrava uns dentes em quase sorriso. Sol levantando dissolvia neblina do rio, aparecia a filha, canecão de alumínio, um litro de leite roubado ao bezerro da vaca gir, a mais leiteira. O resto do dia era consertar cerca, curar bicheira dos novilhos capados, desatolar vaca, laçar rês desgarrada, até quase escurecer, comida fria. Cansado chegava, banho de caneca no rio que de noite as piranhas estão em patrulha. Melhor hora do dia, da ave-maria; não pra rezar, que rezas nunca havia aprendido, nem queria, tolices que da vida é cada um que cuida da sua; hora da cachaça e do cigarro de palha antes da comida da noite, da prosa com a filha, que com a mulher conversa não andava, ofensas, reclamações...

— Aqui não fico!

A fazenda, grande, sabia lá quantas tarefas, alqueires, alqueirões, muitos, demais, cabeças de gado aumentando, virando enxame. Quantos? Quase só nelore, gado ruim de se lidar, assusta à toa, não amansa, bicho desconfiado quase todo o tempo. Vez em quando morria vaca atolada nas beiradas das baías, pintada comia bezerro... Capataz contava, reclamava nos inventários:

— Falta gado, tem que vigiar, tratar da bicheira, prejuízo, vou ter que descontar, dono cobra...

Esturros à noite assustavam a família, cachorros corriam pra dentro da cozinha, fogo sempre aceso, lenha não faltava, canguçu não se atrevia, "só barulho de onça". Pra família dizia que pintada não atacava gente, capivara era bastante, um bezerro vez em quando, *no más*. Mas tinha poraquê, arraia malhada, jacaré-açu, sucuri... Conhece sucuri? Bicho dissimulado demais, desliza que nem um submarino na flor d'água, sem fazer bulha nem soltar fumaça, não pia, não peida, não ronca, só espreita e não dá bote sem destino certo; localiza o bicho cheirando com sua língua molhada. Quando o incauto desce o barranco pra beber já era. Num átimo a mola do corpo dispara, firma os dentes no pescoço da vítima apavorada, o cipó enrola quebrando ossos e triturando fosse morsa, faz um charuto, depois baba e vai engolindo pela cabeça, bocarra escancarada de se admirar, a comida ainda viva, olhos arregalados, o rabo por derradeiro. Comeu o cachorro

Lambari dois dias depois da mudança. Severina: "Não disse? Perigoso, podia ser Leide, Leo."

— Mas de bicho não se há de ter medo, só um certo cuidado, que eles não fazem mal por maldade — Tião ensinava aos filhos —, só atacam acuados, é só estar atento; não pisar em arraia disfarçada de areia; a pior coisa que pode acontecer a um vivente, dói a vida inteira, isso quando a canela não seca; se precatar contra abelhas enxameando, marimbondos--casca-de-tatu que zunem como transformador em poste de luz se molestados; sair do trilho de tocandira em correição.

— Se uma cobra lhe pica é porque você merece ou pisou em cima dela — dizia pra Zeferina da Ora quando ela reclamava que viu uma bitela na trilha da castanheira. — Perigo é gente humana!

Das vezes que por lá passava algum índio de canoa, aldeia na Bolívia, era preciso esconder a cachaça, pediam fumo, trocavam alguma caça por galinha, mas era raro, ainda mais ao perceber que ele não tinha muita coisa pra escambar; parece que migraram pruma aldeia mais pro norte, não vieram mais. A vida era assim, difícil, mas se vivia. Mais incomodava era a mulher, reclamenta, desconsiderada, perturbava mais que a dor no corpo, tremedeira no calor do sol quente, maleita antiga e renovada, ia e voltava, quinino dava conta não, sempre em falta no armazém da fazenda. E salário pouco, mal dava pra querosene, arroz, café, sal, mais alguma coisica, uma marmelada pras crianças, vez ou outra. Feita a despesa no armazém da fazenda sobrava só prum garrafão de cachaça e meio metro de fumo, regalias pro mês inteiro, quando não ficava devendo. Feijão plantava e palha pro cigarro era do milho, que também plantava, pra assar e pras galinhas, ceva de piau, curimbatá, mas pouco.

Quando falava pro capataz que a vida no retiro tava difícil, a mulher reclamava, isso e aquilo...

— Tá besta, hômi! Barriga cheia — dizia *el patrón*. — E você quer mais o quê? Casa de graça, água e lenha à vontade, terrinha pra plantar feijão e macaxeira, se enxerga não? E inda pesca uns curimbas, vez em quando! Felizardo, isso é que é. Mais o quê? Nalfabeto! Dono só vem pescar uma vez por ano. Você, Tião, pode pescar quase toda semana — vozinha mansa, sem esperar resposta, falava, não ouvia. Olhar naqueles olhos de calango? Nem pensar. Tião conformava, sorria amofinado, dentes raleando na gengiva inchada, chapéu rodando nas mãos. E pensava, não tão ruim, ainda tinha umas galinhas, um porco-tucura, tratado na lavagem, que trocara com o Flausino por um pintado de mais de vinte quilos pescado pela filha; e legumes da horta, bem cercada de taquara pra galinha não ciscar. Gostava do espantalho de boca costurada feito pela filha; roupa velha estufada de capim, chapéu de palha enjeitado, um estrupício de se ver, mas de pouca serventia. Chico, com quem Luz conversava sempre. Aos poucos os braços esticados, cagados de branco, passaram a servir de pouso pra maritacas e chupins; Chico passou de espantalho a poleiro. Quando a capituva da beira do rio rareava na estiagem, cerca não segurava as capivaras; acabariam com tudo não fossem os cachorros. Pacu, o mais valente, cor de porta, ia na frente, a cadela Matrinxã, pelagem de raposa, acuava. E também havia sapotis, cupuaçu, castanhas, jaca dura e jaca mole, alguma banana, plantadas por antigos retireiros...

fome, fome mesmo, como no Piauí, nunca. E água, ano inteiro, Guaporé seca nunca, água é muita. Água pra beber, limpa como nunca tinha visto, saía quase doce do olho que minava embaixo da jaqueira e se esgueirava por entre os desvãos das pedras entancando numa poça que os meninos cavaram e forraram de pedregulhos e areia branca, folha de caraguatá canalizava uma bica de onde o fiozinho bisbilhava transparente como água de chuva, sempre fresca, inda mais na moringa.

A mistura pro arroz-feijão piorou quando o patrão proibiu matar paca, capivara, veado, até jacaré, que Zeferina tanto apreciava.

— Vai preso — Hellmut rosnou na sua vozinha fina. — Entrego pra polícia ambiental que já temos problemas de sobra com essa corja de Cuiabá, parasitas do governo.

Mas a gente sabia que quando vinha o doutor aí tinha caça de todo tipo, até macaco-aranha e tatu-canastra, que aqui tratam por tatuaçu. Aí o capataz se exibia servindo os convidados. Nos meses mais secos *el patrón* mandava tocar fogo na mata pra abrir mais pasto. Uma tristeza os esqueletos de árvores, só os troncos grossos, braços pretos de carvão apontando pro céu a pedir clemência; ver um cemitério. Proibido pelo novo governo, *el patrón* mandava dizer que o incêndio fora causado por pescadores do Rio e São Paulo; trabalho danado pra apagar, mentiraiada. Na primeira chuvada, capim brotava tenro e o gado ia entrando na floresta queimada pouco a pouco, pastagem aumentando.

— Tanta queimada, tanto desarvoramento que isto inda vai virar um "mato fino" entremeado de pastarias em invernadas sem fim — falava Flausino, baixamente.

Tião pensava nas palavras de Hellmut em resposta aos reclamos da mulher, tentava entender, mas ruim de proseio e de gentes não entendia. Tudo bem, o dono, coitado, só vinha de São Paulo no seu avião pra pescar na fazenda, contar o gado, uma vez por ano. Dias de festança, barulheira, comida e bebida, o que sobrava: regalo da peãozada. Quando dona Gláucia e a filha não vinham, tinha mulherada nova. Dava gosto ficar escondido na mata pra ver as femeazinhas da capital se banhando na água rasa, brancas branquelas, risadas e gritinhos, as partes bonitas escapando do pouco pano. Mas isso quando morava perto da sede, não mais.

14

Um dia, Dagmar, agora deu pra querer assim ser chamada a Zeferina da Ora que Tião conheceu ainda nem bem rapaz em Acauã, juntou com o primeiro que apareceu. Queria era sair da caatinga espinhenta; sair daquela secura e, mais ainda, ficar bem longe do pai-padrasto.

— Nome de retirante não gosto que não sou ave d'arribação. Agora me chamo Dagmar, nome de gente. Não escuto mais Zeferina, vá sabendo.

Tião, jabuti cansado de argumentar, recolhia a cabeça como que em aceitamento. Morena clara, cabeleira crespa e volumosa, olhos cor de mel de jataí, molhados e pidões como de cão vira-lata; miúda, mais pra magra, mas com peitos que tentavam saltar do vestido apertado, a cintura fina salientava a bunda de cuietê. Aprendeu logo, ainda menina, a tirar vantagem dessa parte de seu corpo. No geral tinha uma certa boniteza. Naqueles ermos chamava atenção, sabia, e, quando surgia oportunidade, gingava as ancas, como que distraída, desconformada, insatisfeita, querendo mais... roupas, sapato, brincolar, batom, água de cheiro... Mas como? Solta na imensidão de rio-pasto-mata, bosta de vaca, surucucu... Solta, mas também presa sem pronde ir.

— Não saí da caatinga pra me finar neste grotão de mundo, quase bicho, lugar de nada acontecer. Ora, tenha dó, sô, isso não é pra gente não, quilombolas, bugraiada, vá lá, eu?, hein! Nem radinho de pilha pega, meu senhor. — Se tinha alguém pra ouvir: — E conversar? Com quem? Diga! Assunto não tenho mais com filha, uma tonta; nem marido, um coitado; menino foi embora, graças a Deus.

Animava quando aparecia gente da fazenda pra trazer sal, vacinar o gado. Corria pôr o vestido decotado que guardava pras ocasiões e rebolava os quadris em movimentos estudados, cadelinha ao ver dono chegando, rabo abanando, tivesse um, bem ciente do que aquela sua traseira provocava nos homens; faceira, mostrava dentes, olhos coriscavam, esquecida de marido e filha. Peões miravam em cobiça disfarçada. Tião, riso amarelo, cismático, olhava longe, fingindo alheamento.

— Qualquer dia sumo neste mundão, cidade grande — dizia a quem ouvir quisesse.

Leovirson da Ora Nonato, Leo, embora crescido no meio do mato, era menino delicado, franzino, mesmo que um indez, sem jeito, desenxabido como passarinho molhado. Vivia se machucando, até de propósito, vai saber. Tez acobreada, cabeleira crespa e magro, em parecença com Tião menino. Esperto, aprendia rápido, mas não gostava da enxada, ajudar com os bezerros, medo de quase tudo, arranjava desculpas, nem pescar direito sabia. Defendido pela mãe se Tião cobrava alguma coisa, mais mínima fosse, tinha jeito não. Zeferina, ou Dagmar, fez a cabeça do menino. Aos doze foi embora para Cáceres com uns pescadores, trabalhar numa padaria, estudar à noite. Notícias? Quede?, que aqueles pescadores nunca mais voltaram.

— Deve de estar muito bem. Um dia volta pra ver nós. Vai ver que vem de jipe com uma polaca bem branquela, carregado de presentes...

Quando Leo foi embora, Tião lembrou-se do dia em que a mãe o entregou pro moço da cabra, mas não se abalou com a partida do menino, situação parecida, mas diferente: era sadio, não passava fome e ia por vontade própria.

— Quer ir? Então vai. Boa sorte! — foi o que disse. — Não ajuda nada mesmo, sempre sob a saia da mãe, mais um perrengue que outra coisa — foi o que pensou, mas não disse.

Leidiluz da Ora Nonato, Leidi para a mãe, Luz para o pai. Diferente do irmão, cor desbotada, cabelos longos, acastanhados, olhos claros de sapoti maduro, o esquerdo meio zanago que lhe dava um quê... indefinido; alegre, pedia nada, cuidando da horta, pescando, pegando inhambus, jaós (no Piauí diziam zabelê), às vezes até mutuns, com urupucas de taquara amarradas com imbé, feitas por ela no maior capricho. Habilidosa, construía pequenas gaiolas com ripinhas de taquara trançadas com folhas de açaí onde colocava taturanas de fogo e bigatos de todos os tipos, alimentados com suas folhagens preferidas. Observava a taturana tecer o casulo e o nascimento de borboletas e mariposas que mostrava orgulhosamente para o pai e o irmão antes de soltar:

— Esta borboleta laranja e preta veio daquela taturana peluda marrom que dá no pé de ingá; aquela esverdeada veio dum mandorová listrado de verde, branco e vermelho, com dois chifrinhos, e esta, cor de abóbora... Como pode, pai? Uma taturana tão feia se transformar em borboleta tão linda? É Deus?

Tião anuiu com a cabeça, como a dizer que sim; ele não cria, mas achou melhor não interferir com a crença da menina; que acreditasse, cada um é cada um. No início das chuvas Luz acompanhava dia a dia as desovas de sapos e pererecas, como doce de sagu ou sementes de maracujá; o desenvolver dos ovos em girinos, como se passassem por uma fase peixe antes de perder a cauda, sair d'água e quadrupedar em jias cantoras nas noites de lua nova. Dentre as plantas era uma, abraçava o jatobazeiro e lhe dava bom-dia pra começar bem a manhã, dava sorte... Mas sua paixão eram as libélulas, joias voadoras luzindo neons, apareciam de tempos em tempos nas margens do rio.

— Já arreparou, pai, que quando tem muitas lavandeiras — que é como chamava as libélulas — não tem pernilongo nem maruim? Pai, tantos pássaros por aqui, de todo tipo e tamanho e nunca encontro um passarinho morto, não matado. Digo morrido, de doença ou velhice. Será que eles têm lugar certo pra morrer? Ou voam direto pro céu?

— Sei disso não. Cada pergunta! Cada um morre sua morte, ninguém aprende a morrer. Eu mesmo queria morrer sem ninguém ver nem achar meu corpo inchado e catinguento.

— Pai, o que queria mesmo era arvorecer; fosse planta, bacabeira queria ser, a palmeira mais linda. E ocê?

— Sei lá, deixe de bobeira, vá cuidar da horta.

— Não diz, mas acho que você seria um jequitibá, bem grande. E as plantas, será que sentem alguma coisa quando abotoam a primeira flor?

— Luz...

— Mas plantas choram e sangram. Isto eu sei! Um sanguinho grosso e vermelho que escorre do tronco cortado. Algumas até gemem antes de cair sob o gume do machado.

Um dia mostrou pro pai um bicho muito estranho que havia pego no tronco do pé de açacu. Tião olhou, sacudiu a cabeça.

— Não brinque co'esse bicho não. É uma jiquitiranaboia. Dizem que é muito venenosa; tem gente que acha que é uma cobrinha que voa.

— Nada não, pai, mansinha, peguei na mão, deve ser um tipo de mariposa.

— Largue disso. No mínimo dá cobreiro...

— Pai, cê sabe o que os quero-queros tanto querem? Buscam o quê, quando ficam gritando?

— Sei não. Não falo a língua deles. Joca, talvez.

Luz esperava sempre o pai pra jantar, Zeferina comia antes com Leovirson, quando ainda estava por lá. Carinhosa, Luz curava os machucados da lida de Tião, lavando com sabão, que ela mesmo fazia com restos de gordura e cinzas do borralho com pétalas e folhas cheirosas; e compressas de ervas e cipós, sempre curiosa, aprendendo com as mulheres mais velhas da colônia, especialmente com dona Rita, quando acompanhava o pai até a sede. Luz reconhecia plantas pelas nuances dos verdes, cada uma com o seu verde próprio, e pelo cheiro; amassava e cheirava:

— Esta aqui é pariparoba, aquela carne-de-vaca, a outra, verde abacate, é urtiga-mansa...

Não se via Leidiluz triste, desde o acordar ao deitar. Um cantarolar que inventava, um falar pra dentro que não se entendia, repetitivo e ritmado; chegava alguém, silenciava e sorria, abaixando os olhos. Gostava dos bichos, todo tipo, especialmente os pequenos que andavam na serapilheira: caramujos e lesmas e minhocas e besouros e aranhas, tudo. Contava os pés de piolhos-de-cobra e de centopeias — adivinhe quem tem mais? —, observava os pássaros, aprendia o comportamento de cada espécie e os reconhecia de longe pelo modo de bater as asas, pelo canto. Distraía-se com as formigas e cupins e reconhecia todo tipo de abelhas: jataí, mandaçaia, irapuá, iraí, jandaíra, uruçu... Aprendia o hábito dos peixes e nadava como eles; desde pequena, ainda na fazenda, aprendera a nadar: engolira três lambarizinhos vivos, simpatia ensinada por um bugre velho que passou pelo retiro. Sabia a isca certa, a hora e o local preferidos de cada tipo de peixe; cantarolava uma musiquinha diferente para atrair cada tipo de peixe para seu anzol, pescava o que queria, mas só no tanto certo pra não desperdiçar. Seu xerimbabo era uma cobrinha coral a quem dava grilos e gafanhotos. Já quase mansa, desfilava graciosamente seus anéis coloridos por entre o capim esmeralda; um colar vivo, à caça de insetos, lacraus e aranhas.

— Paii, vem ver, coisa mais linda, e mansinha, olha só!

— É, só não ponha a mão, mansinha mas peçonhenta.

— Pai, acho que vi uma boiuna.

— Nada, é sucuriju mesmo. Não chegue perto!

— Peixe sente sede?

— Acho que só quando está fora d'água.

— Pai, onde é que vão os bichos de goiaba quando não é tempo de goiaba? Pai, como é que as garças entram na água turva, fuçam nos brejos e lamaçais e continuam brancas como garças, não se sujam?

— É. Cada coisa!

— Ouvi falar que mar é como lagoa, maior que grande, sem fim, e a água é salgada. Será? Gostava tanto de ver um mar, um dia!

— Eu também. Dizem que o mar é grande. Muito. Não tem tamanho. Ninguém sabe. Um dia, quando morava no Piauí, acho que passei perto, quase vi. Agora vá ajudar sua mãe.

Vez em quando, sentada numa pedra do rio, garrava a cismar com olhos de quem via além do além e assobiava melodia triste que ouvira de um cantador que passara pela colônia quando lá moravam. Toda manhã, com uma folha de carandá, vassourava o chão, afastando os ciscos trazidos pelo vento, terreiro sempre limpo. No cair da tarde trazia tição pra acender o cigarro do pai sentado no tronco sob o visgueiro, e cachaça; queimava bosta seca de vaca pra espantar maruins. Se entendiam na cumplicidade de olhares mútuos, ouvindo o rio barulhar por entre as pedras afloradas, vendo o dia se acabar cansado, as sombras da noite chegando aos golinhos até as árvores perderem seus contornos e se dissolverem na escuridão perfurada pelos primeiros vaga-lumes, estrelas piscantes a vagar sem rumo certo. Quando a manta da escuridão em noite de lua nova se derramava, escondendo tudo, acendiam a lamparina e entravam pra comer o arroz, peixe com maxixe, um jaó refogado, talvez; pirão com malagueta. Vez em quando Tião trazia algum mimo do mato, uma semente colorida, um seixo rolado de cristal; ela colecionava como amuletos mágicos, escondida da mãe, em uma lata de bolacha, enferrujada no oco do jatobazeiro; seus tesouros, o crânio e umas vértebras de um teiú limpado branco em um ninho de lava-pés, um besouro verde, e outras preciosidades. Só Leo sabia, mas ele já tinha partido.

15

Uma tarde ronco de diesel, de longe; mesmo sem saber quens, Zeferina correu pra casa se esmerar na boniteza, mostrar de dentes, risos bobos, trejeitos de fêmea, a calungagem de sempre que aparecia visita. Um caminhãozinho rateando, fumaça preta. Moreno bigodudo mascateava roupas, colares, perfumes, bugigangas de todo tipo. Dagmar se apresentou animada, reclamou da vida, contou tristezas, sorriu e chorou, acabou trocando duas galinhas por um brinco de argolas douradas. Tião saiu de perto, incomodado com a presença insinuante daquele bigode de iraúna.

— Vou colocar creolina no umbigo dos bezerros que nasceram ontem. Por aqui tem dado muito berne.

Ao mercador, dizia Dagmar:

— Sorte teve Leovirson, meu filho Leo, que tá lá em Cáceres, ou já foi pra Várzea Grande, sei lá. Queria que alguém me levasse, também, um dia, desencarnar deste mato. Aqui é como uma ilha com água dum lado só. Aqui não se vive... Veja, sêo moço, isolada do mundo, qual meu futuro? Futuro de minha filha? Tonta que nem o pai, aceita tudo, nem reclama. Se não pede nada como é que vai ter alguma coisa? Pedindo já não dão, imagine! Sonho toda noite sair daqui, dia seguinte acordo, mesmo lugar. Pior é quando chove pesado. Precisava ver, goteira pela casa toda, barro, muriçocas!

— Quando estiver nos arredores, na Festa de Reis, passo por aqui. Se a dona quiser algo é só encomendar.

Olhares trocados...

— Tantas, quem me dera. Já nem sei direito quando é a Festa de Reis. Queria vestido vermelho, sandália de tira, aqui nem dá pra andar de sapato. Mas e dinheiro? Salário do Tião vai tudo pro armazém, e o desgraçado inda gasta o poucochinho que sobra com cachaça e fumo. Só se for trocar por alguma criação, se sêo moço aceitar — olhar molhado de carências.

16

Numa manhã já de saída pra lida, Tião estranhou que a égua baia não viesse recebê-lo na entrada do piquete. Pacu, na frente, atacou em latição. Deitada junto à cerca, uma pata muito inchada, arquejava em respiração miúda, a língua roxa saindo da boca, babando gosma espumosa, olhos baços que não viam nada; num esforço levantava a cabeça, pescoço não sustentava, caía de novo. Tentou dar água, não aceitou. Gritou pela filha, tentaram colocá-la em pé, impossível. Surucucu crescida, só podia, pra derrubar égua dessas. Luz logo achou as marcas das presas um pouco acima do casco da mão esquerda. A égua em agonia de dar dó. Tião sabia, conhecia casos, em sendo surucucu remédio...; morte certa, em agonia. Pediu pra Luz trazer o machado e ficou acariciando as orelhas da baia. A égua, mesmo com a vista embaçada, parecia entender para quê, aquele machado. Controlando a vertigem mirou na estrela branca da testa, golpe seco, definitivo. Largou o machado, caiu sentado, ofegando tontura. Luz, as duas mãos tapando os ouvidos, fechou os olhos e se afastou. Depois correu para abraçar Tião, que tremia e chorava. Zeferina assustou com o barulho, correu pra ver:

— Qué isso, matou a égua! Cê tá doido, hômi?

— Cobra, tinha jeito não, ia morrer em sofrimento, não levantava, não bebia, surucucu, fazer o quê?

— Mas e agora, como vai cuidar do gado?

— Vou na sede falar com o homem.

— É. Bem feito mesmo. Vivo dizendo que viver aqui é perigoso, e tão perto de casa, podia ser eu, podia ser Leidi. Inda bem que Leovirson se mandou, que bobo não era, deve de estar bem na cidade, estudando, ganhando dinheiro, e nós aqui neste inferno de cobras.

Luz tentou defender o pai, a égua sofria, tinha jeito não. Escorraçada pela mãe:

— Vá arrumar a cozinha, peste!

Dia seguinte madrugou de a pé até a sede; sem um animal não podia trabalhar. Levou bronca, tão descuidadoso:

— Animal não é seu, tem que cuidar, prejuízo...

Hellmut mandou lhe dar um tordilho reiuno que havia sido enjeitado pelo filho, má andadura. Perguntou nome:

— Tem não, é tordilho, ué!

Voltou pra casa estranhando a montaria e se dando conta de como a égua baia era boa de cavalgar; teria que ir treinando o tordilho aos poucos, pensar num nome, era lerdo, ocorreu-lhe "Folgado". Luz não gostou do nome. Tião antecipava a falta de Guaraná, não só pra cuidar do gado, outras coisas também.

A vida no retiro seguia na toada de sempre. Tião saía no clarear; na marmita o resto da janta; voltava sujo, cansado, faminto, às vezes cheirando à creolina que usava pra curar umbigo e bicheira dos bezerros recém-nascidos. Leidiluz na ajudança da mãe a cuidar da casa, refazer o teto com palha nova pra diminuir goteiras, cuidar da pequena roça, preparar o de comer; sua única diversão passear de canoa, observando bichos e plantas, pescar, ficar com Tião nos entardeceres, sentados no tronco olhando a noite cair sobre o mato grosso; Pacu deitado ao lado madornava, prestando atenção na conversa, abanava o rabo pra mostrar o de acordo, ou arreganhava o beiço, rindo de lado. Zeferina irritava Tião falando do filho, que devia d'estar muito bem na cidade, já fazia mais de ano. Que um dia viria tirá-la deste fim de mundo dirigindo seu próprio carro. A única coisa que agradava Zeferina era aguardar alguma visita e ir até a sede no final do mês pras compras no armazém, conversar com quem encontrasse, reclamar a quem ouvir quisesse:

— O retiro é um vazio de tudo, só mato, rio e bicho!

17

Tempos depois Tião chegou, noite caída, lua no alto, rasgado de espinhos de arranha-gato, caçando carrapato-estrela nas virilhas, dia inteiro na quiçaça atrás de novilha prenhe a ponto de parir, arrastada no laço. Estranhou a casa diferente, não atinava com quê, até que Leidiluz, encabulada:

— Mãe foi-s'embora.

— Embora?

— Foi. Na hora do almoço. Aquele moreno alto. Bigodudo. O mascate. Quis me levar também. Não quis. Me deu um doce bom, chocolate, disse que era Páscoa. Entrou no caminhãozinho, no meio de panos, panelas, mercadorias; levou roupas, duas galinhas e o porco: "Fala pro seu pai que fui. Caí no mundo. Volto mais não, ave-maria!", me mandou dizer.

— Assim? Vixe! Pronde?

— Disse não! Pra Vila Bela ou Alta Floresta, acho. O turco viaja por este mundão, não sei se larga ela na cidade ou carrega junto.

Tião, olhos perdidos na outra margem do rio e além, silêncio comprido, de incomodar...

— Fica brabo não, pai, ela nunca gostou daqui, não via as coisas boas, só pensava em sair sem saber pronde. Deix'ela, fico c'ocê, nós continuamos vivendo — sorriso magoado.

Ele deixou. Mas por uns tempos deu pr'andar cabisbaixo com o peso de tantas ideias, nas horas tristes do entardecer. Depois foi que soube, o Fuad Abud, mascate de Alta Floresta, aparecia vez em vez quando Tião não estava, dava alguma bijuteria pra ela a troco de galinha, jaca, peixe seco, outras cositas. Foi-s'embora. Estúrdio, achou, mas não se abalou, muito. Sina da gente, pode acontecer. Às vezes acontece. Podia ter ido atrás, matado o turco, arrastado Zeferina de volta; ou matado os dois, tava no seu direito. Tava? Adiantava o incômodo?, problema com a polícia? Nada. Não tinha ânimo pra destemperos, ir atrás, fazer valer sua vontade. E tinha? Não. Vontade própria, mesmo, não tinha, nunca teve com Tião pai, sêo Ciço, *el patrón*, trovejando ordens, nem com Zeferina. Desaforos engolia. Se mandou, a sirigaita. Bem que Virgi havia lhe avisado. E a perda não era muita, ela andava meio arredia desde a visita do turco. Aos poucos viu que a falta da mulher lhe trazia mais alívio que tristeza; mais vergonha que aborrecimento. Tava até melhor assim, mais sossegado, a casa mais espaçosa, sem Zeferina-Dagmar a lhe fazer desfeitas. Mas não atinou com um problema que só iria perceber mais tarde. Eita mulher reimosa! Que iriam falar na sede? Sirigaita. Mas ele?, chifrudo, um coitado. Preferia chifrudo a coitado. Foi aí que se deu conta, ciúmes, mesmo, não sentia. Dagmar, desde os tempos de Zeferina, tinha sido só dele? Afrouxara? Ultimamente ela vinha se esquivando, ele, no seco... Guaraná. Bem que lhe haviam avisado, nos princípios, em que se engraçara com as graças dela. Cigarro grosso, saiu pruma volta na beira do rio, Pacu atrás, rabo abaixado pressentindo a tristeza de Tião. Sentou numa sapopema e começou a coçar a barriga do cachorro.

— Pois é, companheiro, mulher me deixou, fugiu com outro, o do bigode, Zeferina da Ora, Dagmar-de-não-sei-quê, desgraçadas, as duas. Eu não tenho caminhão. Nem bigode tenho. Aconselha o quê? Fosse com você... — Interpretou o silêncio de Pacu como resposta: — Nada. Acho bom, mas também ruim, não sei o que vai acontecer. Sabe o que vou fazer? Nada. Outra é que não arrumo. Como? Onde? Na vila? Achava mulher como Rita? Mas querer se meter nestas brenhas perdidas de Deus? Quem? Mulher quer conforto, fartura.

Pacu olhava pr'ele, atenção danada, abanando o rabo em só negação. Dia seguinte, sol despontado, acordou com a matraca das aracuãs escandalosas, olhou pro rio: o Guaporé fluía murmulhante, preguicento como vidro derretido no vale que vinha cavando desde a nascente na serra dos Parecis, no compromisso de levar sua água cor de tererê pro Mamoré; calmo como vaca a ruminar deitada no apagar do dia. Sentou na porta do casebre, prendeu a cabeça do cachorro entre os joelhos e arrancou com alicate os últimos espinhos de ouriço.

— Cachorro besta!, parece eu, se metendo com quem não deve, agora aprende!

Um boi mugiu melancólico na invernada. Daí a pouco bateu um não sei quê, princípio de tremedeira, sezão da velha terçã que andava calmada. Zeferina da Ora picara a mula sem prévio aviso, cumprira suas ameaças de desaparecer no mundo...

— Culpa minha? Pode ser; a culpa é sempre de quem fica, acho.

Lavou o rosto no rio, reacendeu a guimba. Mulher foi--s'embora. Paciência. Luz foi até ele querendo consolar, um jeitinho de bondade. Sentaram no barranco olhando uma ilha de camalotes e coivaras que descia a corrente lentamente...

— Às vezes tem cobra, saracura, ninhada de jacarezinhos, migrantes aproveitando a carona pra viajar — disse Tião.

Ela fez que sabia, já tinha visto em suas saídas de canoa. Encostou a cabeça no ombro dele:

— Triste não, pai, vamos ficar bem, cozinho, pesco, cuido da horta. — Olhos meigos de cumplicidade, sonhadores, até feliz, talvez. — Mãe nunca gostou daqui.

Pegou a mão dela, fosse a primeira vez. Deste jeito era. Sentiu o calor dela vazar pra sua mão fria; segurou longamente, não sabia por quê. Vez em quando seus olhares se cruzavam, úmidos, acanhados, como que pedindo licença pra se olharem. Destino. Conformou.

— É! Nunca gostou.

18

Aos poucos Tião e Luz entraram em nova rotina, mais tranquila sem os perrengues de Zeferina-Dagmar. Resolveu não contar nada na fazenda. Mas não ia demorar muito pra todo mundo se inteirar, que notícia ruim viaja com rédea solta. Talvez pensassem, na fazenda, que ele é quem tinha mandado ela embora; podia ser. Pensando bem nem vergonha sentia, traste de mulher... Mas tinha o problema de ficar desfemeado, falta, que a danada era boa nas coisas de mulheragem. Sem a desarmonia da mulher, sentia a vida como que pacificada, mas também um estranhamento. Tinha um problema. De noite. Quase todo dia na lida do gado, e sem Guaraná. Cedo saía, picuá com alguma comida que Luz preparava com capricho, paçoca de galinha frita, rapadura, fumo... Luz dava conta da casa, cozinhava, lavava a pouca roupa, cerzia rasgados, pregava botões, essas coisas de toda mulher. Dia em que chegou mais cedo ela se banhava no rio. Tentou assobiar, assobio de alerta, o ar saiu silencioso de seus lábios enrugados, boca bicuda. Mas ela ouviu. Subiu correndo, passou corada, brejeira, olhos luzentes de lagartixa e sorriso de garça sem graça;

respiração ofegante, seios subindo e descendo, irrequietos; onda de calor percorreu sua virilha, suor minou nas cavas dos braços. E, mais uma coisa, sentiu vergonha do descontrole de seu corpo. Tião... Não dava mais. Pensou em fazer como Joca Tamanduá, passar uma noite na currutela, aliviar. Mas precisava de dinheiro, pedir adiantamento, já devia no armazém, como explicar? Coisa dessas não se anuncia. Não foi. O tempo ia passando. Alegre, no rosário dos dias, Luz esperava Tião chegar, contar a rotina do acontecido; no mais era conversa silenciosa na boca da noite, a cachaça, o fumo. Aos poucos aprendeu a enrolar cigarro de palha para o pai; depois começou a fumar devagarinho, tossindo um pouco:

— Só pra espantar carapanãs — dizia. Depois golinho de cachaça vez em quando: — Pra aliviar dor de dente — dizia.

Noites de paz embaladas pelo cheiro adocicado de lírio--do-brejo que entorpecia a alma e trazia esperança de alguma coisa, que não sabia o que era. Com a partida da mãe Luz foi ficando mais falante. Tião, de poucos falares, encarado pelos olhos de Luz, olhava de esguelha, como que fugindo, medroso. Ouvindo os barulhos do anoitecer, sentados no mesmo tronco aguardavam os vaga-lumes a rabiscarem a noite. O pio agoniado do caburé anunciava a hora de entrar e comer a comida aquecida no borralho. Tempo escorrendo devagar, como a água do rio na vazante. Só Tião e Leidiluz; uns dezesseis anos já devia de ter. De pequena era feinha, lagarta disforme; depois cresceu borboleta, comentou um peão, o Zeca-vaqueiro. Tião fez que não gostou. Zeca se afastou, desenxabido. Sempre se dera bem com a menina, e agora, sem a mulher pra lhe azucrinar, vida mais calma, se ajeitando. O filho que se fora era mais como a mãe, a filha como ele, não reclamava. Nada. Ela parecia até mais feliz quando o primeiro dia amanheceu sem a mãe pra lhe xingar, motivo nenhum, cobrar serviços, chamá--la tonta. Feliz, parecia, enfeitando a casa com o azul das flores de aguapé que lampejavam na beira d'água, uma florzinha de muçambé nos cabelos, olhando-se mais no espelho esquecido por Zeferina, que partira às pressas como jaguatirica ao sentir cheiro de cachorro. Continuava perguntadora, mais no cair da noite, sentados no tronco sob o visgueiro, como se Tião de tudo soubesse:

— Pai, será que peixe vê a água como nós vemos?

— Acho que não vê a água quando tá limpa. Não sei se vê o ar quando põe a cabeça pra fora; que nem nós, mergulhados no ar vemos a água, não vemos o ar.

— E peixe, será que dorme no breu da noite?

— Que dorme, alguns até deitam de lado, ouvi dizer.

— Mas cavalo dorme em pé, isso eu sei. E urubu, será que quando vão volteando pelos ares quentes que sobem da terra navegam de olhos fechados no cochilo de caminhos conhecidos?

— Não. Acho que só dormem nos araxás mais altos quando escurece. Mas dormem só os olhos, acordados os ouvidos e o cheirador em permanente vigília que vida de pássaro não deve de ser fácil...

Luz desenhava seu nome, Leidiluz. Aprendera umas letras com a mulher do Alípio quando viviam na colônia. Mas ler, propriamente, não sabia bem. Sentia o cheiro das palavras, copiava os números e rabiscava frases escritas na folhinha--calendário que fazia propaganda de remédios, ao lado do

Sanjorge. Já Tião atribuía um poder sobrenatural a palavras escritas, nem gostava de olhar muito, chegava a sentir medo. Assim viviam. O ingazeiro empalidecia de flores alvas ao bailado de mandaçaias e jataís na busca de néctar e no leva-e-traz de pólen, a formação dos frutos doces e sementes, a vida vivendo, água verde escorrendo. Ela imersa na solidão da casa, entretida nos afazeres do dia a dia, que não eram muitos, tempo para matutar, sonhar, às vezes pescar e até relaxar numa rede de tucum depois do almoço. O esperado era a chegada de Tião, sempre recebido na cancela com um sorriso de boas-vindas, aqueles olhos de calmaria, escondendo segredos. Ele trazendo um pedregulho bonito, uns cajuís amarelinhos amarelinhos de que ela tanto gostava. Foi na florada do caju, bem depois que Zeferina se foi, que começou a perceber mudanças no comportamento de Luz. No visivelmente, deixando de ser criança, como um fruto de jaca que de verde e magro amarela e estufa à medida que os bagos vão criando carne, acumulando mel. Antes falava baixo, mas respondia; às vezes perguntava, mas não dava opiniões, fiscalizada pela mãe, a criticar e deixar claro o lugar de criança, menina tonta, cobrança de trabalhos. Aos poucos fora deixando seu passatempo favorito de colecionar insetos, fazer armadilhas para caçar passarinhos. Passou a se dedicar mais aos cuidados com a casa, preparar a comida, enfeitar o cabelo, arrumar o vestido. Agora cada vez mais companheira, perguntando outras coisas, os porquês das coisas da vida, por que assim? E não assim? Sugerindo, tomando iniciativas sem esperar ordens, que Tião nunca dava. Comentava a vida deles no retiro, o aborrecimento que Hellmut, ao tratar com Tião, e Juvêncio, ao apalpar o corpo dela com seu olhar de bode, lhe causavam. O salário do pai, achava muito pouco, discutia alternativas de vida fora da Tabocal, perguntava da vida de Tião no Piauí, dos tios e tias, avós, queria saber. Tião não se sentia capaz de negociar salário: recebia o que pagavam. Fim. Quanto à família no Piauí, Tião pouco contava e desconversava muito, assunto desagradava, não sabia nada de tios, avós, donde foram irmãos e irmãs. Só falou que gostava da mãe, Otacília, do irmão mais velho, Hercílio, e de Tianinha, a última, umbigo saltado como tivesse engolido um caju com castanha e tudo; o pai uma tranqueira, castigava, reclamava da vida, babando cachaça. Luz passou a perguntar também do futuro, voltar pra sede da Tabocal, tentar a vida na vila, estudar, conhecer pessoas...

— Mas não tá bom aqui?

— É. Tá. Gosto de ficar com ocê, mas queria...

Tião coçava a cabeça, mudava de assunto, difícil, nossa sina... Conversas na hora da ave-maria, a hora da cachaça, após o banho no rio, antes de comer, cada um contando seu dia, inebriados com o cheiro doce do lírio-do-brejo. Ela projetava projetos, e issos e aquilos, fazer, construir, um futuro no horizonte, mudar...

— Será que a vida é só isso aqui, trabalhar?

— Sei não. Mas sem trabalhar a cabeça da gente destrambelha, pensamento ruim atropela. Pensar muito é perigoso, trabalho descansa as ideias.

Notando nele um olhar vazio:

— Pai... Triste?

— Não sei.

— Tá pensando o quê?

— Nada!

— Que tipo de nada?

— Sei não, tem pensares que é só da gente, não se deve de alardear. Você fala tudo o que pensa?

— Não!

— Então deixa!

Luz fora do casulo se desvelava, desdobrava as asas, adquiria tempero, fruto de cacau se dourando ao sol de outono; girino em transformação, perdendo a cauda e desescondendo as patas para a vida nova, do charco pra terra firme, do silêncio das águas pro coaxar de serenatas nas noites de luar. Tião começou a reparar no olhar cobiçoso dos caboclos que vez em quando passavam por lá. Não que fosse uma boniteza de orquídea, tangará em época de cruza. Chamava mais atenção por faíscas de uma beleza escondida, arisca, a maldisfarçada graça de uma garça solteira. O nariz pequeno, empinado em busca de perfumes, e aquele seu olho, a íris meio fora do centro, grudava nos olhos dos olhares que se cruzavam. Mas, quando saía do rio, vestido molhado, transparecente, delineando curvas antes desapercebidas que iam se arredondando, mulherava de um jeito que não dava pra não ver nem disfarçar que não se via. Como disfarçar aqueles volumes no guarda-roupa escasso? Desfilava com seu andar negaceado de jaguatirica, pisando leve com medo de magoar minhocas. Tião começou a ver Luz-mulher. Seu olhar disfarçado escorregava pelo corpo dela sem querer, a cintura fina, as pernas longas, os peitos inchados..., sem querer. De antes via, mas não percebia, agora dava-se conta, como luz que acendera de repente. Às vezes resvalava os olhos pelo varal onde ela secava suas roupas, olhos de macho, e se irritava: "Tião, Bastião, Sebastião Nonato do Piauí, não é direito, seja homem, hômi!" Como resistir à pressão subterrânea de seus sonhos mais secretos? A seiva do desejo porejava nas noites insones; se acariciava, e depois ia se lavar na beira do rio. Um dia pegou uma calcinha caída ao lado da cama, num impulso levou ao nariz, parecia o boi Fumaça cheirando novilhas. Se amaldiçoou e saiu chutando pedras. Tentava se distrair, mas logo se pegava com o olho comprido, ela nua por debaixo das roupas, engolia cuspe e saía de perto blasfemando. Mas aquele cheiro o perseguia, o ainda perfume que nunca sentira. Longe de casa falava com o Tordilho, o Pacu. Queria entender o que acontecia com ele. Que ideia! Como podia? Voltava pra casa, parecia que o cheiro da jaca fermentada combinava-se com o do jenipapo para formar um gás que invadia o retiro e gerava ideias absurdas, desejo inconfessável. Não conseguia desviar o pensamento. Vergonha. Desgraça desgraçada. Medo. Medo de não se controlar, desarrazoar. Um dia bateu no retiro um cara desajambrado como tivesse sido montado com peças descartadas, Gertrudo. Sem sobrenome. Peão desconfiado que nem um socó. Falava aos trancos, baforava umas palavras e descansava. Respirava fundo e soltava mais umas palavras. Recém-chegado na fazenda de não se sabe donde, pois não disse e essas coisas não se perguntava a um cabra bruto. Propôs com muito jeito e seriedade levar a menina pra morar com ele. Cabra esquisitão. Diziam que ali se acoitava fugido de coisa braba aprontada no Pará. Sêo Vermute não fazia conta, gostava do trabalho dele. Tião, meio ressabiado, mastigou:

— Muito nova.

— Não tem portância... seu Sebastião Nonato... acabo de criar... Pra falar verdade... até prefiro... mulher-menina.

Pelo sério da proposta ficou de assuntar.

— Se e-la qui-ser vai — prometeu com voz de quase não se escutar, esgueirando o olhar e encerrando a visita, tenho que... o gado...

A noite em pesadelos. Dia seguinte, nervoso, ela percebeu o sofrimento dele.

— Que é, pai? Que foi?

— O moço que veio aqui ontem. Viu? Ele... — a fala não queria sair dele, intentava, não saía.

Ela percebeu, insistiu:

— Diga logo, Tião. — Falou firme: — Tiãão.

Ele, gagaguejando, falou das intenções do vaqueiro.

— Não conheço, desprezo. Agora que mãe e mano se foram não deixo ocê sozinho. Fique sabendo, Ti-ão — não falou pai.

Tião respirou fundo e reteve no peito estufado o ar perfumoso da manhã antes de exalar bem devagarinho, em aliviação.

— Se não quer, não vai. Pronto!

Em tom desculposo, mas firme, mandou recado pro moço: Menina não queria. Paciência. Respeitava.

19

Foi quando Tião consultou sobre o interesse de Gertrudo que Luz se deu conta de que era vista como mulher. E aí ficou com medo como se fosse despencar da Quatro Quedas. Se bem que nas idas à sede, e quando apareciam peões no retiro, percebia olhares cobiçosos. Olhares de homem para mulher. Como se sua carne tivesse amadurecido, como se estivesse pronta pra outra vida. Um incômodo baixava, se aborrecia. Procurava razões no espelho. Depois percebeu que também Tião a media com olhares de esguelha. Suas ideias se confundiam com a descoberta, a nova situação. Sentia-se perdida, sem ter a quem recorrer. Dona Rita, pensou... mas ela já estava doente.

Tião, nas andanças atrás do gado, uma coisa de que gostava era de ver o boi Fumaça, como chamava um grande touro nelore, cabeçorra, chifres curtos mas robustos, hosco, uma faixa cinza-chumbo no lombo que esmaecia até alvejar do meio da barriga pra baixo e pender em barbelas balouçantes; pele esticada, caminhava gordo e desapressadamente; desembargador seguro de sua impunidade. E seguia atrás das vacas aspirando com manifesto prazer o cheiro afrodisíaco das fêmeas em sua incansável pesquisa por novos cios. Nunca com pressa, como se adiantado pra reunião. O touro da manada era ele, o mais forte, via quem olhasse, o touro soberano. Desfilava sua fidalguia de lorde inglês apoiando-se delicadamente numa pata após a outra as muitas arrobas do corpanzil rotundo, como que receoso de magoar uma formiga desprecatada. Seu cupim avantajado balançava prum lado e proutro como uma mulher com os peitos grandes demais. Uma família de suiriris, de carona em suas costas, costumava aliviá-lo de carrapatos estufados de sangue e moscas incômodas. Imponente caminhar na certeza de seu poder sêmico a engendrar bezerros de boa estirpe nas fêmeas que aceitassem suas arrobas no lombo. Tranquilo na certeza de que quando o caminhão chegava ao pasto quem embarcava eram os novilhos gordos, inocentes de seu destino, anunciados em mercados, esquartejados e pendurados em ganchos, o sangue pingando. Ele restava na invernada com seu harém e a importante obrigação de produzir mais carne para os açougues. Tião chegava a sentir inveja.

— Aih, don Fumaça, ocê com tantas, eu nenhuma, é justo?

O touro simulava indiferença e em fingimento de não ouvir seguia a passo abanando o rabo em contentamento, a cabeçorra subindo e descendo fazendo que sim, que sim, como quisesse dizer: "Culpa não tenho."

Boi Fumaça, esse sim, tinha uma vida. Não falava, mas sabia muito. Ruminava suas filosofias zebuínas enquanto com o pincel do rabo espantava as mutucas. Tião nem rabo tinha, quanto mais um harém. Se consolava com os jaós solitários tentando atrair uma fêmea com seus gemidos repetitivos e tristes, já-já-jaooh, já-já-jaooh... Voltava pra casa pensando em Zeferina-Dagmar, Guaraná, Branquinha, deveria ter aproveitado mais. Quem tem não sabe, só se sabe o que se perde. Tentava dirigir o pensamento pra outras coisas pra não pensar no que ocupava seu pensamento cada vez mais.

Rimbombos de trovões nas lonjuras, tempestade se anunciando, voltou mais cedo, soltou o cavalo no curral, prendeu os bezerros. Ela na praia, tomando banho. Se banhava vestida, mas levantava um pouco a roupa ao se ensaboar, exibindo partes que como relâmpagos incendiavam o cerrado do desejo no pico estival. Encabulado, ficou olhando por detrás do tronco da jaqueira. Espiava e se escondia, medo de encontrar os olhos dela. Mal-estar, vertigem de vácuo. Boca aberta, pigarreou ao engolir uma abelhinha lambe-cu. Ela ouviu, levantou a cabeça; impossível fugir dos olhos dela. Saiu de detrás da árvore, chapéu rodando na mão, cara de menino surpreendido com a boca suja de mel. Ela sorriu, como que entendendo.

— Já? Voltou mais cedo? Vai chover.

Passou por ele correndo, fresca como alface orvalhada, umbuzeiro desfilando frutos amarelos-água-na-boca, mãos segurando os seios que queriam escapar da gaiola do vestido colado ao corpo... O olhar que trocou com ela foi como um alvará para ir em frente. Percebeu que cruzara o rio. Passou a reparar mais, mas só com o rabo dos olhos em disfarçamento. Mais bonita que a mãe, comparava, peitos já quase como os dela, anca arrebitada igual, uma a-ri-ra-nha em boniteza. Quando ela estava de costas olhar grudava nela como visgo de seringueira, e uma parte de seu corpo escapava ao controle. Virava as costas e saía de perto martirizado, em busca de alguma ocupação que distraísse seus maus pensamentos. Cada vez se incomodava mais com os olhares que os peões que por lá passavam dirigiam a Leidiluz. Achou que até o próprio Vermute passava a língua de seu olhar cobiçoso pelo corpo dela. Amofinado, mandava ela entrar na casa, como se fosse preciso arrumar alguma coisa... Depois, Luz perguntava em estranhamento:

— Me mandou entrar, a causa de quê?

— Nada. Nada não, meu jeito, ando desaquietado, sentindo um vazio por dentro, passa logo.

Chegou a um ponto de quase alucinação; enxergava por debaixo da roupa as partes que não devia de, a imaginação solta em torvelim de ventania; resmungava sem abrir a boca e saía de perto, cismático, fumar na beira do rio. Não conseguia tirar os olhos da sombra que se formava onde se juntam as coxas, a cabelugem delicada pressentida por baixo da roupa molhada colada ao corpo quando ela saía do rio. Na solidão da cama seu pensamento desmergulhava das funduras e voava como cabeça-seca subindo nas termas em espirais, as noites longas, ouvindo os morcegos chiarem no jenipapeiro em fainas de amor. Sob a jaqueira, alucinadas pelo odor pungente de bagos fermentados, duas borboletas cor de fogo, engatadas, arquejavam suas asas num voo bêbado de amantes. Tudo sugeria...

Acordava em dolorimento, gasturas, vontade de ficar em casa, ficar perto dela, dia todo. Fechava os olhos, as pontas dos dedos esquadrinhando a pele seca, boca insalivando, língua em ânsias de lamber... "Mas é filha, diacho! Ora tenha a paciência, Sebastião Nonato! Tome jeito, hômi! Sinhora d'Abadia, esses pensamentos me endoidecem. Preciso arranjar mais trabalho pra tirar a lama das ideias. Luz lesse meus pensamentos me matava. Alguém lesse meus pensamentos tava apedrejado, como mereço."

Na pastaria conversava com o Tordilho:

— Companheiro, não estou gostando. Você não imagina as coisas que penso, sonhos que tenho. Vergonha, estou fraquejando, não consigo alimpar os pensamentos. Vergonha. Acho que vergonha é uma espécie de medo, medo de mim, do que possa fazer, medo de que ela, alguém, leia as entrelinhas de meu pensamento, sujo. Nestes ermos e circunstâncias homem pode virar bicho. Bicho! Pode? Você, coitado, desfemeado como eu, mas capado, sofre menos, acho. O boi Fumaça, esse sim, escolhe. Zeferina aqui, nem Guaraná, nem Branquinha... Filha sua, fazia o quê? — o cavalo murchava as orelhas como querendo dizer que não tinha nada com isso. — Sei que vocês, gentes não humanas, não se importam. Mas eu? Sou homem. Diacho! Ou será que tô virando bicho? Tanto isolamento, tanto tempo vivendo como bicho no mato. Maluquecendo?

Lembrou do retireiro que se atirou na cachoeira. Por quê? Quem sabe o que está na cabeça dos outros? Esse isolamento... Por que um faz coisa dessas? Mariposas queimam as asas na chama da lamparina, por quê? Louva-a-deus perdem a cabeça entre as garras da fêmea após a cruza; aranhos se deixam comer pelas aranhas, por quê? Homem não é bicho! Homem também é bicho! Quem entende?

Chegou os calcanhares nas virilhas do Tordilho, que assoprou e acelerou o trote, percebendo que tomavam o rumo de casa. Na conversa do cair da noite, uma cachaça a mais...

Olhos compridos fixos no nada. Um desajeito. Uma benquerência desexplicada. A mão dele acariciou os cabelos dela. Ela olhou com aqueles olhos. A mão recuou rápido como se tocasse em urtiga. Sem se aperceber, um beijo fugidio na testa, leve como bater de asas de cuitelinho. Ela apertou a mão dele, quente e úmida. Um sinal? Queria dizer que sabia?

— A comida já deve estar quente.

O dia, cansado, desistia, abandonava a cena. Lá fora a noite chegava, apressada. Mais uma daquelas noites de túnel, longa e tenebrosa; um cheirinho de chuva ameaçando tempestade. Entraram. Comeram. Cada para seu quarto. Nem boa noite. Tempestade não veio, o vento cansou. Só o urutau gemia agoniado. Tião levantou-se ainda escuro, saiu sem fazer barulho e ficou vendo as últimas estrelas se apagarem. Um novo dia ia nascer no Guaporé. Por detrás da mataria a chapada se desvelava pouco a pouco. Tentou levar a rotina de todos os dias como se nada estivesse acontecendo. Da porteira, ela na janela, olhar de begônia inocente como a pedir que ele ficasse, achou. Será? Um oco na barriga, fome que não tinha. Acendeu o cigarro. Melhor sair logo sem olhar pra trás. Olhasse...

Chegou mais cedo na surdina pra ver se via ela sair do rio. Será que gostava de ser olhada? Se exibia? Será? Seria? Passou marota, vestido molhado, transluzente mesmo a quem não quisesse ver. Foi se secar ao sol num lajedo da praia, as mãos acariciando o corpo para escoar o excesso d'água; torcia a barra do vestido mostrando partes. Ela sabia que ele estava olhando. Os olhos dela de um céu lavado espetaram nos olhos tristes de Tião, acocorado no barranco, fumando. Olhar de onça no cio. Firmou os seus nos olhos dela. Ela sustentou, um pouco. Foi quando ele se deu conta de que... sim, ela sabia. Sabia!

— Minossinhora.

Na luta pra adormecer, as ideias redemunhavam, ela no quarto ao lado, saindo de dentro do vestido, colocando pela cabeça uma camisa grande sobre o corpo, só a camisa, mais nada, achava; camisa que fora dele e que ela pedira emprestada pra dormir, essas coisas de mulher. Tentava sincronizar o ritmo de sua respiração com o dela na esperança de que os volteios do sono apagassem seus pensamentos. Muito rápido pra ele, logo ficava cansado. Consolo de mão não bastava. Tivesse Zeferina ou Dagmar, a Guaraná, que seja..., que de vaca não gostava e com nelore era perigoso, sabia de mais de um caso triste; outra Branquinha, pelo menos, como no Piauí. Comprava uma, ia tratar bem, amansar... Resolvia? Branquinha ficava quieta olhando pra trás com seus olhos molhados como a conferir o que ele fazia. Achou que ela até gostava, ou pelo menos não se incomodava, quieta; língua um pouco áspera. Em paga um punhado de milho, uma massagem atrás das orelhas, seu michê, fosse uma cabra da vida.

Não era só Tião. Leidiluz também se sentia diferente com o aumento de volumes, aparecimento da cabelugem nas partes que procurava ver no espelho deixado por Zeferina; espelho na forquilha das coxas, se examinava, curiosa, querendo entender as partes que ninguém via, nem ela mesma; não via mas sentia arrepios ao toque de seus dedos curiosos. Tentava se entender. Já fazia algum tempo que começara a botar sangue. Dona Rita havia lhe explicado que isso era normal nas meninas que viravam mulheres, prontas para ter filhos. Passou a acompanhar com interesse o sexo nos animais, o Fumaça cobrindo as novilhas, um órgão fino e comprido como uma espada cor de carne; Pacu e Matrinxã, que ficavam engatados, traseiro com traseiro um bom tempo; a impressão que tinha era de que as fêmeas acabavam deixando pelo poder de convencimento da força dos machos. Mas... não tinham como evitar ou também gostavam? Quando a mãe ainda vivia no retiro às vezes acordava com resfôlegos que vinham do quarto ao lado. Uma vez, sorrateira, espiou. Na penumbra da lua filtrada pelas brechas do teto, Tião deitado sobre Zeferina em uma dança estranha ao ritmo de gemidos. Voltou pra sua cama em silêncio com a explicação dos barulhos que ouvia nos tardos das noites e madrugadas. A mãe deitada, e não de quatro. Perguntar não podia. Deu pra tomar banho nua e depois se deitava na pedra achatada, separada da praia nas épocas de rio baixo por um estreito canal, sua ilha, seu país. Ali examinava seu corpo com o espelho de Zeferina, acompanhava o aumento de volumes, aparecimento de pelos. — Espelho é invenção do capeta — ouvira a mulher do Alípio dizer pra filha enquanto lavavam roupa. Pensamentos martirizavam as horas do sem fazer, tinha que encontrar trabalho, limpar a casa, o roçado, remar, alguma coisa pra pensar noutras coisas.

Era uma tarde calorenta, céu desembaraçado de nuvens, vestido de um azul argentino. Tião chegou mais cedo. Luz relaxada na rede, cabeça inclinada, ventinho morno balançava um tufinho de cabelo, a boca em quase sorriso. Sonho bom, devia de ser. Tião estendeu a mão para tocar no cabelo. Luz abriu os olhos.

— Queria me assustar? Tião! — na voz uma intimidade que ele não conhecia.

— Dormia?

— Não. Fingia! Vi você chegando. Mas sonhava.

— Com quê?

— Sonho não se conta. É sonho. Senão...

Essa noite Tião puxou a manta da felicidade até cobrir as orelhas, fechou os olhos e começou a sonhar. Não fosse filha...

20

Num dia de labuta mais pesada, captura de novilha amojada que entrou na mata, chegou tarde, escuro já. Luz não veio recebê-lo. Olhou pro rio, canoa lá, ninguém pescando. Doente? Estranhou, mas não fez caso. Chamou, ouviu um "tô aqui" vindo da casa. Alguma coisa, mal-estar? Foi se lavar no rio, comeu o prato que estava pronto na chapa do fogão, entrou no quarto. A chama do candeeiro, protegida com a concha da mão, tremelicava a cada passo na tentativa de devassar o breu. Sua sombra enorme vacilava na parede, fosse um fantasma; fumaça preta ardia o nariz. Na luz vacilante que fazia as coisas mudarem de lugar a cada passo, ela na cama dele. Olhos arregalados de perguntas não ditas, ele. Enfrentou, ela, lampejos de fogo nos olhos abugalhados, também. Nem precisou perguntar, ouviu, voz decidida:

— Hoje vou dormir com vosmecê, Ti-ão!

— Doente?

— Não.

— Aconteceu?

— Nada, só quero é dormir com você.

— Cê tá doida, é?

— Vou dormir com vo-cê. Já botei sangue, faz tempo, sou mulher, Rita me explicou.

— Mas é filha!

— Qué-que-tem? Filha, também mulher. Carece. Faz muito mãe fugiu com o turco. Pensa que não vejo você no curral?, com a mão?, antes até com a égua baia; o jeito que me olha? Melhor comigo. Prefiro com você que outro qualquer, aquele Gertrudo, sem sobrenome, tenho medo. É assim! Segredo nosso. Neste fim de mundo... ninguém saber, segue igual, eu também.

— Pai com filha é pecado.

— Pecado? O quê? Aqui no mato não tem padre, pastor, Deus. Pecado? Homem e mulher. Melhor que com um peão bruto que não gosto nem conheço, medo. Melhor que com o Juvêncio. Nojo. D'agora em diante não é mais pai e filha, é Tião e Luz, Luz e Tião. Homem precisa de mulher. Você é hômi. Eu sou mulher. Assim! Vai ser. Saber ninguém. Sei que você... pensa que não vejo?

Decidida. Decisão de mulher. Que fazer, falar? Pegou cachaça, acendeu o toco do cigarro no candeeiro, saiu mudo, as pernas trôpegas, os pelos arrepiados, ouriço-cacheiro enfrentando cachorro. Fumando, olhava o espelho do rio refletindo estrelas; matutando e se confundindo; o lamento choroso dos curiangos entendendo a situação, a rã-pimenta fazendo uhm, uhm, uhm como que concordando, os cururus pan-pan-pan, as gias vai-vai-vai, o cheiro doce e pungente do lírio-do-brejo entorpecendo a mente, vaga-lumes vagando seus lumiares a indicar o rumo da casa. Ralhado com ela? Nuncas. Se entendiam num olhar. Agora isso! Querer e medo. Tentação e arrepio. Tomou mais uma. Aqui nas brenhas não tem pecado, disse ela. Pecado? Quem resolve o que é o que não é? O pastor? Cadê? A lua de quarto saiu bonita ofuscando as estrelas. Canoa magra no mar escuro do céu; a poeira leitosa de estrelas, como um rio de prata. Baixou um friozinho, ou era a maleita? Mais uma pra dar coragem. Entrou na casa em passos medrosos de mutum, candeeiro bruxuleando em relampejos alaranjados até se apagar com um fiapo de fuligem na última gota de querosene. O breu encoraja. Até os ruídos mais sutis emudeceram assustados com tanta escuridão. Nem o grilo, cri. Silêncio necruspuloso. Nada se via. Tudo se adivinhava. Adivinhou ela no mesmo lugar, fingia dormir. Falou nada. Nada a se dizer. Desejo latejava como unha encravada. Foi apalpando a cama. Deitou-se de costas para ela bem na beirada, engurujado, alma trevosa, pensamento em rodamunho de tormentos. Incomodado, sentiu a volta da febre. Sentiu o corpo dela deslizar milímetro a milímetro como lesma paralítica até encostar as costas nas suas. Calor dela queimava sua pele. Pensamentos coriscavam como labaredas em palha seca sobre o borralho. Dianho! Pode? Depois ela se ajeitou, encostou mais, o corpo dela fremindo num alvoroto de virgem. Um desajeito, coração desabalou, sangue estrondava em suas veias. Movido por não sabia o quê, virou-se. Depois encostou de leve seu peito nas costas dela, suas coxas nas dela. Labaredas varando a camisa fina. Depois abraçou estremecendo em frêmitos que sacudiam seu corpo todo. Com as costas da mão afugentou as lágrimas que escorriam até o canto da boca, a língua lambendo, salgado. Depois sentiu seu coração bater forte escorado nas ripas das costelas dela, o sôfrego respirar, ele longamente, ela curtamente, ritmo acelerando, pele ardendo malagueta, não se lembrava sentido isso jamais. Nela homem nenhum havia tocado; pensou nisso. Depois as pontas de seus dedos, como uma aranha, iniciaram uma caminhada errática pelo corpo dela em busca da barra da camisa por onde se insinuou por debaixo cautelosamente, sentindo a penugem da pele dela se arrepiar. Dedos errantes por iniciativa própria braileavam aquele corpo abandonado na escuridão no ato de desbravar as partes mais recônditas, relevos só imaginados... Dedos descontrolados dedilhando caminhos em rumo certo até encontrar o vale recoberto por relva macia e um palpitar de peito de rola que povoava tantas insônias. Ela estremecia em soluços ritmados, incontíveis. Chorava? Existe tormento maior que a febre do desejo? A ânsia do cio? Luz oscilava entre medo e curiosidade. Tião aspirava o cheiro que vazava dela, um boi-fumaça. Resistir como? Quando as coisas acontecem assim dessa maneira, sêo moço... força da natureza, homem nenhum, nem padre, ele? Ela se virou, deitou de costas, cochichou, como se alguém pudesse ouvir.

— Você sabe, ensina...

Corações batiam um de encontro ao outro em ritmos acelerados.

Depois voltou pra cama dela. Nada se disse, mas as gargantas estavam todas ali, os corpos suados, ofegantes, os olhos ainda molhados, os pensamentos recapitulando o acontecido, as mentes buscando explicações inexplicáveis. Os cururus voltaram a martelar, as gias retomaram a cantoria, o grilo cricrilou dando a entender que sabia de tudo. A lua, curiosa, vazava pelas frinchas da janela querendo ver. Ovo galado, flor polinizada, agora era o destino.

Amanheceu. Mais um dia começava nas barrancas do Guaporé. Na cozinha olhares se trombando e desguiando sob pálpebras nervosas. Café. Nenhuma palavra. Palavras não careciam. Fazer o quê se tudo já tava feito? Tião fez sua matula de comida, pegou a garrafa com café, nada disse nem ela desdisse. Sol já levantado saiu apressado, com sua zonzeira, acompanhado por Pacu e sua sombra. De cima do Tordilho virou pra trás, querendo abanar a mão, um último olhar. Só viu um bando de garças voando em formação, quase a relar as pontas das asas na água, rio acima em busca da refeição matinal. Não viu o que seus olhos buscavam; ela não havia saído de casa, não estava na janela a lhe sorrir, a abanar a mão como nos dias de antes daquela noite. Saiu a trote. Tinha que sair, querendo ficar, olhava para trás a cada pouco e nem garças encontrava. Olhava e reolhava, mas ela não aparecia na cancela, não abanava a mão. Melhor. Porque sabia, olhasse o olhar dela acabaria voltando, e a vida tinha que continuar a despeito da noite passada. O cheiro da noite de Luz ainda o envolvia. Era como se na caatinga esturricada encontrasse uma fonte de água fresca. Um gole não apagava a sede, queria era se afogar. E nem isto bastaria. Não pôs a cara na janela, não estava na cancela. Melhor não olhar mais pra trás. Cavalgou trôpego pela pradaria como uma borboleta perdida em dia de ventania. Coisas mudam. O vento da vida vira páginas, rede balança, nheeec, nheeec; doravante tudo diferente, nunca mais pai e filha. Tião mastigava o pensamento pelas trilhas da invernada, distraído, rédea solta, Tordilho escolhia os caminhos; cavalgava ao longo da cerca interminável sem encontrar trabalho pra fazer. Sentia um cansaço desarrazoado. O cavalo parecia cansado, o sol parecia cansado, se arrastava. Sussurrou na orelha do Tordilho:

— É, meu amigo, ontem aconteceu. Tudo o que não queria e tudo o que mais queria. Pecado. Vergonha.

Puxou as rédeas, apeou na sombra da castanheira, esfriar as ideias. O contato das peles, de que já andava esquecido, ainda queimava: que com bicho é diferente. Na noite de trevas nem vira o corpo dela, só tateara; mas o sabia de cor sem nunca ter visto. Lembrou-se da primeira vez com uma mulher, a menina Zeferina, na sombra do umbuzeiro. Mesmo com aquele sol de fogo não viu direito as partes de mulher. Aos poucos foi aprendendo. Zéfe era mais esperta, ajudando. Mas com Luz, diferente, uma querença, um choro, que nunca havia chorado com Zeferina nem Dagmar. Diferente. Recapitulava nas minúcias o acontecido e seu corpo reagia. Aconteceu. Mas é preciso parar. Pegou o picuá com farofa de carne-seca e a garrafinha de café. De cócoras, na sombra da castanheira conhecida de muitas castanhas, entremeava punhados de farofa atiradas à boca com golinhos de café adoçado com garapa. Com dificuldade acendeu a guimba que estava atrás da orelha; precisava trocar a pederneira da binga que quase não dava mais faísca. Enquanto baforava o fumo forte, usava Pacu como interlocutor, numa tentativa de entender sua situação, retomando a conversa que costumava ter com o Tordilho:

— É, companheiro, a coisa tá esquisita lá em casa, já não sei o que fazer. Escorreguei no visgo do desejo. Caí. Agora tenho medo dos aconteceres, do daqui pra diante...

Pacu se chegou em busca de carinho; acariciou a barriga do cachorro que olhava pr'ele em deleite.

— Diga lá, meu Pacuzinho, fosse filha sua? Faria o quê? Já sei, você é como o Tordilho e o Fumaça, faz conta não, que com bicho é outra coisa, mas eu... Tô assim também, virando bicho, humano-bicho, que humano também é um tipo de bicho, igual, mas diferente, situação... Zeferina aqui, a vila fosse mais próxima, arrumaria alguma coisa...

O sol caminhava lento; queria chegar em casa já escurecido, como se o escuro escondesse o pecado; esse não sei quê, no estômago da alma, estranhamento, desesperança. O que ela iria dizer? Arrependida? Medo? Teria fugido? Estaria na cama dele outra vez? Não apareceu na janela de manhã... Decerto se ofendeu. Tinha que entender. Uma vez. Acontece, mas...

Tempo patinava, demoroso, dia de não se acabar. O que iria dizer quando seus olhos se encontrassem? Querendo voltar, com medo de voltar. Finalmente o sol cansado de se arrastar, língua de fora, alaranjou o poente. Pegou o rumo de casa. Tordilho estugou a marcha por conta própria, antecipando a água fresca e a retirada do bridão que lhe machucava a língua. Sem saber como seria, foi chegando sem fazer bulha, pé atrás, na surdina. De longe adivinhou-a empoleirada na cancela. Sorriso abriu sem permissão, coração calmou, músculos relaxaram, abraçou o pescoço do cavalo. Ela mascava um talinho de capim, espremia os olhos num sorriso disfarçado:

— Sabiá cantou pra anunciar ocê chegando, Tião — em seu novo jeito de dizer Ti-ão; não falava mais pai.

Olhou nos olhos dele, ele não abaixou. Olhar dela parecia entrar dentro do seu, o seu dentro do dela, quisessem se engolir. Aquele seu olhinho meio torto... Olharam-se como nunca, um infinito de tempo, ele disfarçando uma ternura sem tamanho, os lábios querendo sorrir. Tião baixou o olhar para o corpo dela sentindo uma quentura nas partes, suor começou a escorrer. Conteve o impulso de pegá-la no colo, acariciar aquele corpo que conhecia de sonhos, entrar, a cama estreita... Se lavou como nunca, esfregou com bucha pra limpar os pecados. Comeram às pressas, olhos nos olhos, a comida sem gosto; pitaram do mesmo cigarro, ainda olhos nos olhos, beberam no mesmo copo, olhos nos olhos, desassombradamente, falar não carecia. Olhos nos olhos. Depois ela entrou no quarto dele, com a camisa grande, dele, deitou-se na cama. Tomou mais uma cachaça, ela também aceitou. De costas para ele; embocou seu corpo no dela, a cabeça cheirosa, os cabelos macios tratados com óleo de copaíba, coração dele batendo nas costas dela. Depois ela se virou, a cabeça no travesseiro do braço direito dele. Ele chorou de novo, antes, durante e depois, disfarçou. Ela lambeu as lágrimas dele, como lambia orvalho. Abraçou-o como abraçava o jatobazeiro. Olhou pros olhos abuticados dela, choravam também, os lábios mudos, entreabertos. Lambeu as lágrimas dela, quase doces. De noite choveu. Ouviu os pingos grossos formando pequenas crateras no solo empoeirado, o cheiro da terra molhada. Cheiro bom, lembrava cacimba no Piauí. Chuva abençoada.

— Passa nada, Tião! Ninguém precisa saber. Nunca! A gente fica como caburé, só voa depois que o sol se deita.

E olhou pra ele com olhos ternos de bezerra. O grilo cricrilou em aprovação. Nos dias seguintes as mesmas coisas, acalmando, o choro de sempre, choro bom, seguido por aquela embriaguez que sucede à febre terçã, corpo amolecido, despossuído de ossos, um desfalecimento de tanto gosto. Tião achava que devia, tentava, mas não conseguia dizer nada, embaralhado na brenha de pensamentos insinuosos.

— Luz, queria dizer... não sei... mas explicação...

— Nada, Tião, carece falar não. Ninguém precisa saber. Tá bom! Deixa!

Mas batia sensação de estar dividido, subdividido. Sina. Perdidos no sertão do Guaporé, por ali não havia padre nem igreja, nem pastor, nem vizinho, nem nada. Ninguém vai saber. Mas tinha Deus. Tinha? Deus sabe! Pecado? Pode ser. Lei da vida? Deus há de entender, homem/mulher, macho/fêmea, situação... Deus é macho? Existe Deusa? Se não existe então não sabe, elucubrava Tião, tentando entender o que acontecia entre ele e Luz. Mas e os outros, os humanos, homens e mulheres da fazenda? Iam entender? Não! Claro que não! A culpa era dele, de Zeferina que se fora com o turco, de seu pai bêbado, sua mãe doente, da miséria, da vida que lhe fora dada, dele que não soubera escapar dos descaminhos traçados por Ciços e Hellmuts. A culpa era de Luz. Era?... Paciência.

— Tordilho, Pacu, boi Fumaça, eu, bichos. Homem é bicho vestido, bugio barbeado.

Joca lhe falou de seres meio homem, meio bicho. Era isso. Ele, assim, cabeça de homem, comportamento de cavalo. Lembrou da primeira vez com Branquinha, medo dela ficar prenha; depois com Guaraná, homem-cavalo, tinha ouvido causos. Mas não emprenhou, nem a uma nem a outra. Luz?

21

— Tião, andou chorando?

— Não.

— Olhos vermelhos.

— Fumaça do fogão — virou a cara.

Macambúzio, foi pescar sem isca, olhos no longe, querendo conversar, experimentando frases, não sabendo como. Encheu o chapéu de água e colocou na cabeça, desafoguear o tino. Aos poucos se acalmando, peneirando as palavras de seu vocabulário ralo, poucas, muito poucas, ensaiando os dizeres. Mas foi ela, primeiro, chegou de mansinho, voz reservada:

— Tião, conteceu! Homem e mulher, nós. Nosso segredo. Vai ficar bem. — Olhar aquiescente como reflexo de lagoa, esverdeado de cumplicidade. — Dizem que Deus é grande, há de entender! Perdoa tudo. Deus perdoa tudo. Ele sabe. Deixa!

— Mas se existe Deus, então existe céu, existe inferno, existe pecado.

— Nada. Existe nós. Deixa!

Engoliu o que quase disse. Deixou. E foram. Tamanduás, abraços agoniados, ela sorria, o corpo um molusco sem concha, olhinhos se fechando nos abraços apertados, urgentes de afagos e mais, pegar no colo... Não mais sua menina. Mulher. A maneira dela ver os acontecidos, mais senhora das coisas da vida que ele, aplainava os solavancos da alma de Tião. Quando as coisas acontecem assim dessa maneira um qualquer não tem culpa, tentava se justificar. Quando as ganas se juntam... acontece, aconteceu, pensava, conformando. Mas choro sempre havia, durante e depois, chorinho magro, de escorrer em silêncio. Fizera mal? Mas foi ela. Insistiu até. Destino. Coisas... Mas não, no fundo mesmo sabia, tivesse, era só dele, a culpa; ela quis porque sabia que ele queria, achou até obrigação, nunca se sabe. Ela disse "homem precisa de mulher. Aqui tem eu, não tem outra". Ele quem não soube esconder o que sentia, ele quem provocou o querer dela. Seria? Já não sabia o que era, o que não, o certo, o que não era, o que antes achava que sabia, não mais. Deixa. Deixou! Como não deixar se a encontrava todo dia arrulhando macio como passarinha pegando capim seco pra fazer o ninho? Mas o que girava pela cabeça dela? Sonhava com quê? Não falava. E se falasse? Se acreditava? Tempo passando. Deixou.

A cavalo, galopando pela invernada, rédeas soltas, vento na cara, um respirar profundo lavando o peito. Um bem-estar sem causa explicável. Olhava o entorno, como se visse tudo pela primeira vez, cheiros, verdes, águas. Sorriu para dentro. Depois, ao se dar conta de que estava só, fora o Tordilho, sorriu para fora. Depois, gargalhou como enlouquecido. Depois ficou sério, seguiu a trilha, olhos molhados. Um ipê solitário amarelava a paisagem com veemência, por desconhecidas razões, soubesse, talvez, o que Tião sentia: placidez de garrote na pradaria amanhecida de chuva, pastando a grama fresca em alheamento de frigoríficos. Então era isso! Nada mais que isso! Mas aos poucos o momento de euforia passou e voltou a ver sua vida como vereda estreita: numa margem, felicidade, noutra, desconsolo. Resvalava entre sim, entre não, prum lado e proutro como o rabo do boi Fumaça. Não aguardou escurecer, voltou ainda claro, voltou mais cedo querendo falar, descobrir o que Luz pensava. Procurou, seguindo na areia o rastro leve dos pés dela. Luz sentada na solidão da pedra chata, uma mão no joelho sustentando a cabeça, mascava um talo de capim-cidrão. Distraída, nem percebeu ele chegar, olhava longe. Luz tão linda. Deu vontade de morrer. Uma borboleta amarela pousou no ombro dela acendendo uma mancha de sol. No terreiro as formigas continuavam a passar em procissão indiana com suas pesadas cargas de folhas frescas para alimentar a lavoura de bolor. Tudo igual. Falar o quê? Como? Desistiu. Deixa! Assobiou, ela levantou os olhos e como voltando ao mundo sorriu, um sorriso sem graça. Cada noite, como dois rios se encontravam no meio do nada, fundiam suas águas, um novo rio mais profundo. Com a rotina das noites, acostumando, as coisas se ajeitando. Às vezes escorriam lágrimas silenciosas, depois, no escuro de não se ver. Ah, não fosse filha... Luz falava o normal, como dantes, nada tivesse acontecido, nada, só ficava mais bonita e mais, mais dengosa, e às vezes, de manhã, antes dele sair pro trabalho:

— Tião, cuidado! — Olhar de jasmim-manga. — Volte antes de escurecer — voz morna, enlanguescida de malícia.

— Vou fritar o peixe do jeito que você gosta, o vinho de jabuticaba já deve estar no ponto...

Ele, olhar pisco, tentava um sorriso, feliz como escaravelho em cagada de búfalo, embutia no pensamento as palavras que queria botar pra fora. Nada, bastava o olhar. Só soltava mesmo o verbo com o Tordilho e o Pacu, seus conselheiros nas longas cavalgadas pela pastaria; eles respondiam em olhares líquidos e meneios de orelhas e rabos. Às vezes falava com as árvores. Elas prestavam atenção e farfalhavam em concordância. Tião tinha certeza de que o visgueiro comentava o sucedido com o jatobazeiro, seu vizinho; tinham percebido, ouvido, visto, tudo, na maior discrição. Que árvores falam em língua que gente não entende, ainda bem, ou seria um deus nos acuda. Os ipês-brancos nevavam leveza de pétalas alvíssimas que se desprendiam balouçantes, como quisessem flutuar para sempre. Se Tião soubesse, se olhasse com atenção e entendimento, veria que nas ingazeiras os botões de ontem amanheceram brancos, os longos estames ansiando por abelhas para transportar o pólen, inaugurar o festival da reprodução, depois as doces bagas, a dispersão das sementes em parceria com todo tipo de bichos, escambando alimentos por serviços. Cada árvore com seus clientes: os jenipapeiros com os pacus, as castanheiras com as cutias, os açaizeiros com os tucanos, e assim se entrelaçam em uma teia, bichos, fungos, plantas e a vida invisível... a vida, vivendo.

22

Tião desistiu de discutir com Luz o que tinha acontecido, estava acontecendo, podia acontecer. Ela tentava acalmá-lo:

— Destino. Segredo nosso. Toda vida tem seu segredo. Ninguém sabe, Tião. Aconteceu. Deus, se existe, há de entender, perdoa tudo. Se não existe...

Iam seguindo, se bem querendo, os dias se amontoando no jacá do tempo. Pecado, existisse, parecendo menor, quase se finando, um nadica de nada, que com tudo se acostuma; tênue teia de fiandeira, como vela, leve, levada pelo vento, inaugurando novo caminho, não se sabe pra onde. Luz já não voltava mais pra cama dela. Amanheciam juntos. Nunca mais falou pai, como se adivinhasse.

Tordilho relinchou no seu piquete. Ao longe uma saracura grasniu seu bom-dia, anunciando a hora de sair da cama. Cheiro de café coado. Desceu até a praia e seguiu na areia o rastro dos pés dela: colhia flores de ninfeias. Acordara antes, de novo. Assobiou, sorriu acanhada, tomaram café. Com o desfilar dos dias se sucedendo em acostumação, a água do Guaporé foi lavando o restinho de mágoa que ainda sobrara.

Ela tirou o capim velho do colchão, encheu de paina, colocou um pouco de macela pra cheirar adocicado. Ele vinha mais cedo, adiantando a hora de chegar, se lavava, tomavam uma canjebrina, comiam juntos, fumavam sentados no tronco olhando a noite empurrar devagarinho o derradeiro albor do ocaso para trás da mataria que azulava ao longe; contando as garças que passavam em formação como uma seta rio abaixo em busca do ninhal antes da noite virar o dia do avesso. Lembrou dela ainda pequena ao ver as árvores branquejadas de um ninhal:

— Pai, garça dá em árvore?

Os dias deslizavam na rotina do retiro. Tião e Luz imersos em suas felicidades, alheios ao que se passava na Tabocal, no resto do mundo. Duas figueiras-brancas na barranca, distraídas das águas passageiras que um dia, mais cedo que mais tarde, estas mesmas águas, que matavam suas sedes, aluiriam suas raízes para jogá-las na correnteza, cachoeira, na ira *del patrón*, dos que nada entendiam. Quem passasse por lá não percebia nada, nunca. A vida escorria como o rio em seu leito, assim, acomodando, Tião e Luz, Luz e Tião, esperando a lida acabar, a hora do encontro... Como podia? Existe pecado na solidão da mata? Existe pecado no fundir promíscuo de raízes sob o solo úmido? A vida nos seus conformes. De dia a vida diária com suas rotinas, pai e filha para raros visitantes, à noite... gemidos que não eram de caburés nem suindaras. Natureza. Era da natureza das coisas, dos bichos, a sina que lhes restara. Homem é humano, mas também é bicho, um tipo de bicho, homem-cavalo. Diferente, um pouco, não muito, às vezes mais homem... E quando as coisas acontecem, o amor quando chega assim dessa maneira um qualquer não tem culpa, tentava justificar. Será que amor era isto? O que havia entre ele e Luz? Com Zeferina não foi assim. O vento levava os dias, as semanas, os meses. Já devia de ser setembro, primeiras chuvas chegando, logo o capim voltaria a enverdecer, boiada a engordar. Uma manhã, final do mês, foi com Luz até a sede, buscar as compras. Tião no armazém, Juvêncio chegando com seu perfume doce, arrodeou, fita métrica na miração de Luz, olhos de luneta. Luz não precisava erguer o olhar para sentir os olhos dele passeando pelo seu corpo como um cobreiro. Sentia-se apalpada como uma fruta-do-conde na banca da feira, incomodada por ser mulher, despertar desejos que não queria. Juvêncio perguntou de Zeferina. Olhos baixos, na poeira:

— Mudou-se, agora só tô eu e Tião.

— Baão, ouvi dizer. Qualquer dia apareço pruma visita, levo presente — piscou um sorriso de dente de ouro e se afastou, levando com ele aquele perfume enjoativo ao ver Tião chegando co'as compras, cara amarrada.

E assim foi. Vida em regozijo bom de que não se lembrava de antes nunca. Ela, alegre como siriri em revoada de aleluias, um dia lhe beijou a boca. Um beijo rápido de cuitelinho. Ele estranhou, lambeu os lábios, um gosto desconhecido. Era este o gosto do amor? Beijo doce e quente com um vago cheiro de capim-cidrão. Passou também a mascar talos de cidrão. Ela deu pra assobiar canções desconhecidas que se dissolviam no silêncio quando ele se aproximava. Ele entremeava trechos de antigas melodias da caatinga cantadas pelo cego Joventino, com aboios de vaqueiros, eeehbooooi, costaooooh, boraaaboooi... Ela deu de enfeitar a casa com orquídeas, bromélias, florzinhas do mato, inventar nas comidas, experimentar vinhos de caju, grumixama, jenipapo que aprendera a fazer com dona Rita. Às vezes, quando achavam que era domingo, saíam de canoa pra pescar, remavam até o Verde, tomavam banho, se secavam ao sol, namorados em férias escolares. Ela uma piaba. Num dia de muito calor se atirou n'água de cabeça e sumiu por um século; viu o corpo dela deformado ir se dissolvendo na água de chá. Em aflição entrou até a cintura, que mergulhar, nunca, para logo ver os cabelos dela aflorarem bem à frente como um tufo de algas castanhas. Saiu com sorriso molhado, lépida para não provocar as piranhas. Vez em quando Tião sentia um contentamento sem causa achável, que a vida era boa, lampejos de felicidade, longínquos os tempos da caatinga, de Zeferina fugida, misérias esquecidas. Mas muito não durava, uma sombra rondava suas alegrias como as asas dum morcego; uma cisma persistia encrostada como craca miúda; então amuava, entristecia, bebia mais, queria argumentar, começava a falar, palavras se escondiam na garganta, tropeçavam nos dentes, não viravam sons, não formavam ideias. Ela fingia não perceber, desconversava, deixa pra lá, fazer o quê?

— Deix'estar, Tião. Ninguém sabe. Ninguém vai saber.

Ele deixava. Ninguém... Os dias passavam como o arrancar de páginas do calendário vencido, vinham as noites, às vezes em alegrias, às vezes em acabrunhamento. Um dia, ao voltar pra casa mais tarde, encontrou-a meio agitada, perguntou.

— Nada não.

— Parece meio assustada. Chegou alguém, alguma novidade?

— Hoje de manhã, enquanto varria o terreiro, tive a sensação de que alguém espiava, como que uns olhos, por entre a folhagem, doutro lado do rio. Fiquei arrepiada, pensando que era alguém da fazenda espreitando a gente. Parei de varrer, gritei: Quem é? Nada. De novo: nada. Peguei a foice, desci até a praia, vi o mato se mexer, alguma coisa correu na outra margem. Um pouco de medo, só isso.

— Um bicho, bugio ou... Fosse algum pescador, alguém da fazenda teria respondido. Mais certo um macaco-aranha, curioso que só. Tá escuro, amanhã pegamos a canoa, até lá, rastros...

Dia seguinte falou em atravessar o rio.

— Carece não, Tião, deve de ser um bicho qualquer, bugio, veado, eu é que ando assustando à toa, sei lá, ando meio esquisita, me estranhando. Tem dias que me aborreço, garro a pensar... depois passa.

23

Quando parecia tudo assentado na nova rotina vieram as nuvens escurecendo o que antes era luz, Luz. Não era a mesma Luz que trouxera claridade à vida opaca de Tião. Ficava pouco na cama grande, voltava pra sua; parou de fumar, não aceitava mais cachaça. "Sem vontade", dizia. Parecia que uma sombra fora chegando devagarinho, neblina mansa embaçando aqueles olhos que não se espremiam mais em sorrisos, conversa ridicada nas frases necessárias, nada além. Uma lágrima acanhada espreitava no canto do olho vesgo, baço; a mão na boca, mordia os dedos...

— Doente?

— Não, um num sei quê...

— Aconteceu?

— Andou chorando?

— Choro bobo de mulher. Calundu. Vai passar. Já passou.

— Tá bom, eu também choro vez em quando, chorinho desexplicado.

Depois, silêncios mais alongados. Antes de concordância, entendimento. Agora ásperos, pesavam, incontornáveis.

Passados uns dias não aguentou, criou coragem, perguntou, gaguejando, o que não queria saber. Fez que sim com a cabeça, acabrunhada. Ele ensimesmou, saiu de perto, deu pra caminhar na praia como um jaburu, olhos minando lágrimas. Foi daí que tudo arruinou. Dias abrumadores se enfileiravam. Luz recolheu-se em cismas, num ataque de desassossego. Não adiantou querer contornar:

— Culpa minha, me exibia. Tião, você não me fez mal, fez é bem! Aconteceu. Isto que cresce dentro de mim não é um mal, é um bem. Deus sabe. Acontece, a gente vai embora, criar longe daqui. Deixa!

Já não deixava, se pegava chorando seco sem atinar a razão, uma tristeza pegajosa inundava su'alma, pudesse desfazer, voltar... deveria ter ido pra vila depois que Zeferina se foi, deveria. No escuro das noites apartadas, um sonho recorrente: ele menino, se arrastando pelo chão, o pai bêbado, a mãe barriguda, trabalhando; a fome, água com farinha e rapadura... quando tinha... Acordava antes do dia, cansado, sem acórçoo. Logo não daria mais pra esconder. Ela se esquivava, mas Tião ainda sentia o zumbido dos desejos como pernilonga famélica zinindo em sua mente, a razão dizendo não, não, o capeta dizendo pode, pode. Não era mais desejo de amor, desejo ruim, de raiva. As noites difíceis, o virar de um lado, do outro, tentando entender, assolado por lembranças do tempo de pequeno inda na casa de sêo Ciço quando nem em pé conseguia ficar, pegava uma galinha, até o dia em que foi surpreendido por dona Santa, ameaçou contar pro marido, a galinha carijó já não botava mais.

— Ofendida por dentro — disse, cara de nojo.

Depois, maior, pastoreando as cabras, era só sair da vista, Branquinha, todo dia... até que conheceu a menina Zeferina. Depois ela se foi e as coisas viraram de ponta-cabeça. Por que homem é assim? Melhor capado como o Tordilho. Tinha noites em que ela sentia uma presença em seu quarto, arregalava os olhos a ponto de doer, vulto de assombração no fiapo de lua frinchada pelas brechas da janela.

— Tião, é ocê?

Longo tempo em arrepios de vigília, o vulto saía pisando em nuvens de silêncio. Dia seguinte nadas, prendia a pergunta na garganta.

Tião temia visita do capataz, chegando a época da vacinação de aftosa, dar na vista, ia. E perguntas? Ia haver perguntas! Hellmut ouviria seu coração latir nas têmporas e perguntaria... Ele gaguejaria... Medo. Medo das perguntas, medo das respostas que não aceitavam mentiras. Gazuas verrumando sua mente. Olhos desorbitados na escuridão das noites intermináveis, raios relampagavam no breu das retinas, sem chuvas nem trovões. Arrependimento brotava enraizado nos miolos. Pesadelos. Meio da noite, lua cheia, uma chalana subia o rio, vela branca manchada de sangue, homenzarrão de cabelos e barbas ruivas, facão erguido, alguém gritava em língua que não compreendia, voz apavorada de donzela. Tentava perguntar: o quê? Voz não saía. Acordava ofegante, empapado em suor azedo. Descia até o rio, nada... Esquisito, não se reconhecia, uma dor como se um candiru tivesse entrado pelo seu cu e fosse subindo, comendo suas tripas até sair pela boca; deu pra passar muito tempo caminhando pela margem do rio, sua imagem refletida na água rasa:

— Bicho! Não! Não posso! Pai-avô...

Era um pai, pai da mãe, pai do neto. Seduzira sua Luz, sua menina. Com a partida da mãe ela se obrigara, não resistira à fome dos olhos dele.

Luz também perdera a graça e em sua solidão penava, encantoada pela culpa que agora achava só dela. Provocara Tião, o próprio pai, dia a dia, passo a passo, acuara Tião num beco fechado. Culpa. Culpada, tinha que pagar. Olhos inchados, um bolo na garganta, um não saber o que fazer, dizer. Rememorava, tentando entender como tudo aconteceu, como começou a seduzir Tião mesmo antes de perceber que o fazia. Achava que foi quando o peão Gertrudo quis morar com ela, ao perceber olhares gordos de Juvêncio, até de Hellmut, ao examinar partes de seu corpo no espelho, ao ver Tião de olhos compridos, escondido atrás da jaqueira... Por que deixou tudo começar? Engolfada numa maré de tristeza deu para tecer casulo, foi empupando, nojo da comida, emagrecia, fraqueza, até que o instinto de mãe brotou no abisso do peito. Agora já não interessava de quem era a culpa: dela, Tião, dos dois? Da criança que carregava é que não era. Obrigou-se a comer. "Criança não pode passar fome na barriga como aconteceu com Tião!"

Tião se atormentava: "Zeferina, aqui, nada disso acontecido. Nada. Bruaca de mulher. Devia ter ficado no Piauí, melhor a sede e a fome que essa tristeza de condenado." Também pouco comia, se alimentava da fumaça do pito, da cachaça, dia todo matutando, sentia a perda de carnes nas roupas largas; se estranhava, se consumia em angústias, se debatia na enxurrada de culpas. Lembrava de estórias, pai e filha, causos ouvidos, de arrepiar. Sempre renegara. Um pai? Como é que um pai... Aberração nos outros. Nele as circunstâncias que já não serviam de justificativas. Não diferia do coureiro que subia os rios do pantanal forçando indiazinhas em sua chalana, do boi Fumaça e suas novilhas; mas Fumaça era boi, boi podia. Descuidou da lida, temia chegada de Hellmut, final do mês, contar o gado, não ia dar pra disfarçar, cobranças, que lessem seu olhar esquivo, os recônditos de sua mente, perguntas. Esconder Luz? Perguntas, era o que mais temia. Não dava pra mentir pra ele. Pra ele, não. Fugir os dois? Silêncio crescia no retiro. Silêncio abismal, incontornável. Horas juntos sem uma palavra, perguntas que não necessitavam de respostas, gestos automáticos, cozinhar, comer, deitar, invisíveis um ao outro, cada um em sua solidão. Duas inexistências. Mas era na mudez das presenças que muito se dizia. Luz, medo do espelho esquecido por Zeferina em sua fuga apressada. Virou a face espelhada para a parede; medo de não se reconhecer, uma outra, era. Não bastou, jogou o espelho de Zeferina no rio, não queria mais se ver por fora. Via-se demais por dentro. Tirou a flor do cabelo pra nunca mais; nunca mais cantarolou, nunca mais espremeu os olhos no seu modo de sorrir. Vestido já apertava na cintura, seios querendo escapar, mãos sempre apalpando a barriga em busca do que sabia, mas pouco se mostrava. Longos períodos na canoa em busca de solução para seus remorsos sufocantes; angústia só aumentava. Remava até perto da cachoeira, amarrava a canoa numa ponta de pedra, águas corriam velozes sob a canoa, despenhavam em espumas e estrondos em busca do chamado da iara. Pensava no retireiro que se atirara. Pensava no que crescia dentro dela, uma menina, achava, a filha que nunca quis, mas que agora queria muito; pensava em Tião, que queria tanto, o que seria dele? Era ele que iria sofrer mais. Pegava na corda que prendia a canoa, o facão ali do lado, e se ela... Não! Não era justo. A filha que já era parte de sua vida sem ainda saber se era filha não tinha culpa. Remava de volta, inda mais triste, macambática e sorumbúzia. Tião acordava com seus próprios gritos ensopado em suor: Zeferina atirando Luz pequenina no rio, menina se afogando como filhote de tamanduá. Fechava os olhos, via a chalana subindo o rio, vela manchada de sangue, barba ruiva, golpes de facão, gritos que não entendia, menina chorando, voz presa na garganta... Tormento, tristeza, desejo brigando com culpas. Culpa dos dois. Culpa de ninguém. Quando as coisas acontecem assim dessa maneira uma pessoa não pode ser culpada; buscava desculpas que não podia aceitar. Nas longas noites insones ouvia soluços que vinham do quarto ao lado, uma série, parava. Seu coração batia falhado. Daí a pouco o choramingar recomeçava. Uma vez não se conteve, entrou no quarto, noite alta, quase madrugada. Ela perguntou:

— Sou.

Ajoelhou ao lado da cama, acariciou os cabelos, o rosto molhado, misturou as lágrimas, salobras, beijou-lhe a testa, acarinhou-lhe a barriga, o filho. Achava que era um menino, ia nascer mais claro, como a mãe, teria mais sorte, não seria um Tião... Pensou no filho que crescia dentro dela como um bicho na goiaba de seu ventre. Um dia iria sair. Um teiú, ou uma borboleta?

24

—Ó de casa!

Cachorros latiram, Tião ouriçou em arrepios, coração disparado, mão no cabo da peixeira. Perguntas, era o que mais temia. Espiou pela fresta da porta. Alívio... a canoa de Virgínio Barreto, peão que mais prezava, amigos desde o Piauí, companheiros de pescarias de surubim, quando morava perto da sede. Saiu de casa observando o negro malhado amarrar a canoa na raiz da ingazeira.

— Vamo chegá, hômi!

— Salve, cumpádi, Deus teja. Bão?

— Bão! Uai, cadê as varas de pesca?

— Pescar não, só passando, proseio...

— Se achegue, hômi!

Sentaram sob o visgueiro.

— Calorão, hein?

— Normal, é da quadra, mas logo vêm as chuvas.

— Logo. Quer comer?

— Já comi!

— Leidiluz!, é Virgi, coe café.

— Quero não. Aceito cachaça, caso tenha — voz trincada, olhar desencarado, no longínquo.

Pediu fogo, bateu a binga várias vezes:

— Difícil, tá na hora de trocar a pederneira, cumpádi.

Acendeu o cachimbinho de barro e pigarreando e cuspindo puxou prosas leves: durezas da vida, carestia; ia começar a piracema, fartura de peixe, Jacintão tinha visto muito pacu subindo o Verde, este ano a pesca promete; formiga-correição quase matou menino noutro lado do rio, soube não? Doutor Trabuco mandou alimpar a pista de pouso, chega dia desses; conversas; falava arrodeando os morros sem chegar no vale que queria, procurando o melhor caminho.

Tião ouvia e resmungava ahans, sem interesse, como olhando chuva através da vidraça, na prenunciação de que vinha coisa depois do silêncio que se abateu, de se ouvir formigas-cortadeiras em sua faina de ceifar folhas. Virgínio piscava as orelhas em tique nervoso fosse uma anta. Aí tinha coisa. Só depois da terceira pinga foi que falou, sério como porco mijando, sobrolho franzido, olhando pros lados a confirmar que Leidiluz não estava por perto. Pigarro discreto, tosse seca afinando o gogó pra dizer coisa de relevo:

— Tião, vim pra mor de lhe avisar... cuidado... filho do capataz... — voz baixa, falhada.

— Quê? Desembucha logo, hômi. Juvêncio?

Tresfolegou alguma coisa que poderia significar concordância. Ou não. E, voz caligráfica:

— É. Faz tempinho, de olho na menina. Leidiluz. — Olhos desviados. — É. Apois, outro dia, meio manguaçado, falou que o cabaço era dele, desculpe a má palavra. Que os peitinhos empinados já não cabiam numa boca, como os da mãe, as ancas, desculpe... outras coisas que é melhor ocê nem saber. E avisou na roda, que ninguém se atrevesse antes dele. Vinha colher a fruta, tava no ponto de abate, há muito esperava, de praxe e direito, a primeira mordida era dele. Depois... tudo bem, quem quisesse podia aproveitar, amigar, que a moça era ajeitada e trabalhadeira. Falou assim mesmo, mais ou menos, como finório gavião-caramujeiro que engole a carne deixando as conchas ermas, Sinhora d'Abadia! Escutei ele falando pro Florindo e Javier. Eu, como quem não quer nada, pescando. Combinei com o Fabrício de Paula que vinha aqui lhe avisar; ele achou que devia; não fosse eu, vinha ele em missão de alertamento.

Tião, sangue fugindo das veias, resmungou por uma nesga de boca:

— Diacho, Virgi, pelamor de Deus. Assim hômi pode virar bicho!

Tocou no cabo da peixeira, suor frio minando dos sovacos, catinga azeda de medo. Calafrio subiu das pernas pra barriga, coração descompassou. Leidiluz espiou pela janela tentando descobrir a razão do cochichar, palavras soltas, Juvêncio, Fabrício...

Silêncio dependurado no ar, incomodava, só o murmulho das águas lambendo as pedras nas rasuras; olhares desviados se perdiam além do rio. Por um tempo acompanharam um maguari voando baixo, como que a admirar sua elegante figura no espelho d'água. Não se sabia mais o que falar, assunto se findara. Não carecia nada mais dizer.

— Licença, agora tá sabendo. Falou pro Flausino que vem amanhã, cedo, por isso me apressei aqui como traíra, lhe prevenir. Saí na moita, como que bater uma tarrafa. Aguaceiro tá armando pros lados do poente, melhor deitar cabelo, Sinhora d'Abadia!

Tomou mais uma lapada e saiu apressado como tivesse deixado arroz no fogo. Da canoa gritou:

— Tome tento!

Tião empalhou um pouco de fumo picado e foi pra beira do rio pescar sem vara, represando raivas antigas, um engulho que vinha dos baixios. Conversa à meia-voz, mas Luz escutou palavras soltas, Juvêncio... farejou algo no pai, esquisito, perguntou. Ele resmungou um aham.

— Nada!

Escabreado, acocorou-se e ficou olhando o verdal desfocado. Tentava deslembrar dos planos de Luz de sair dali, Cuiabá, Corumbá, o que ela queria, bem longe; ou descer o Paraguai, procurar um rancho pra cuidar, o que ele preferia... Mas não... agora... Ensimesmou-se. Parece que o mundo tinha parado. Afastou-se para não ouvir as perguntas de Luz. Tremeu de frio no mormaço da tarde, frio palúdico. Tossia sem ter tosse. Tossia de medo, a volta da sezão, o suor azedo melando a pele. O canto de uma cigarra solitária perfurou o silêncio.

— Entonces é amanhã! Muito que bem! Amanhã! Me encontrar desprevenido é que não vai. Não fosse Virgi... — falou pruma saúva que passava carregando um pedaço de folha. — Fosse eu como Joca; fosse Luz filha do Joca, queria ver, valentia demais prum homem só.

Desquieto, caminhava pela praia pensando e despensando o que fazer. Entrou na canoa e subiu o rio remando forte, como se o exercício pesado aliviasse a barafusta dos pensamentos. Voltou pra casa. O chá de losna amargou inda mais a boca. Tentava organizar as ideias. Não! Desta vez era demais. Passou a peixeira na pedra de amolar, testou o fio raspando pelos da canela, enfiou na bainha de couro cru, cuspiu grosso. Luz perguntou de novo.

— Nada — respondeu grosso.

— Virgínio aqui, fazer? Pescar é que não foi, nem trazer nada, que não vi. Por que disse "tome tento"?

— NADA! — respondeu ainda mais alto, encerrando a conversa.

No olhar anuviado o fatalismo da conformação. Voltou a entrar na canoa, remou mais um pouco, o tempo estava virando, cortina de chuva pelas bandas do araxá, aguaceiro podia pegar Virgínio no meio do caminho... A tarde se finando. Logo a noite. O grito branco de uma garça. Não quis comer. Deitava. Ouvia o coração, tum, tum, tum. Saía da casa, caminhava pelo terreiro, fumava, assuntava o vento. Nuvens baixas prenunciavam tempestade, relâmpagos coriscavam nervosos o negrume do céu, estrondos de assustar os viventes. Primeiro um bafo quente, chegou como um abraço. Depois um vento esfriado sucedeu vindo do nascente. Doutro lado do rio os buritis balançavam as folhas pesadas como leques de gigantes abanando o mundo, juçaras tristes, com as folhas penteadas para trás, oscilavam nos estipes magros. A ventania chegava em bufos, derrubando e arrastando coisas pelo quintal, ciscos e terra levantados do chão em louco balé; rajadas em assobios tétricos ameaçavam arrancar a cobertura do rancho. As últimas aves pareciam perdidas em voos oblíquos, procurando donde se esconder; galhos do visgueiro estalavam assustados, folhas ascendiam pelo ar em redemunhos, gado mugia reunido em magotes. Guaporé saía de si, suas águas precipitadas escarvavam barrancos, derribavam árvores extravasando da calha; a força das águas em alvoroço de vinganças antigas. Escuridão quebrada pelos coriscos que varavam as frestas das paredes. Olhou pr'ela, Luz. Mudara sua cama de lugar pra fugir de goteiras. Encolhida, fingia dormir. Ideias esvoaçavam em sua cabeça, relâmpagos; visões, olhos despegados, estômago em ânsias de vertigem. E falou-se sem abrir a boca: "Então é amanhã! Fazer? É agora que mato esse filho da puta, pico no fio da peixeira e jogo pras piranhas. Fidaputa. Tanto procurou que agora vai encontrar. Vai ver com quantos paus... E depois? Depois? Vai ter o depois, o outro dia. Hellmut vai me pegar, pegar Leidiluz... Besteira, melhor aluir. Fujo! Já devia de ter fugido. Fujo na canoa com Leidiluz, subimos o Verde, desaparecemos na Bolívia, acabou. Soldados bolivianos não gostam de brasileiros; pescadores e garimpeiros sempre aprontam em terras da Bolívia, vão nos devolver, presos, pior, fazer o quê, meu Deus? Deus, o Senhor existe? Surdomudocego? Não, não existe. Não aqui nestes ermos! E esta tempestade agora, rio em alvoroto, Virgínio...", matutava Tião. Viajou para trás, seus caminhos desde os tempos de bunda no chão. Por que tudo isso? Agora sentia vergonha da vida de escravo que levara, que ainda levava, conduzido, desde pequeno, trabalhando, sêo Ciço, *el patrón*. A luta da mãe pra sustentar a filharada, pobre, as mãos calejadas, as unhas sujas, a roupa puída entremostrando partes. O pai? Do passado não tinha saudades de nada. Queria esquecer o pai; nem chorou quando soube que foi assassinado. Vergonha. Bicho domesticado, de pequeno, só faltava a marca da coleira no pescoço, o ferro em brasa tatuado no lombo; desapercebida formiga, sem sequer se dar conta de sua miséria; proprietário da fazenda nem sabia que ele existia, o quanto trabalhava para um patrão desconheci-do, ele, os empregados não eram gentes, apenas peças da engrenagem da fazenda, animais cuidando de outros animais; presente igual ao passado, o amanhã igual também. Desorgulhado de si, agora se dava conta, pedra rolada no leito do rio, água-vida passando, engolindo suas queixas mudamente, medo de perguntar e ouvir não. Não! Mais desonrado que um saruê. Depois de tudo que passou, desde os tempos de bunda--suja, em que havia sido trocado por uma cabra, desistira de pelejar pelo que queria; só conformava, consentia em ser parasitado, por dentro e por fora, sobrevivia, quase, desvivendo pouco a pouco. Nunca fora agente, nem mesmo gente. Índio era mais, vivia sem patrão. Sim. Só agora é que via. Zeferina tinha razão em desconformar-se; pelo menos teve coragem de se mandar, mais sabida que ele; um trouxa, sempre fora. Agora lhe dava razão até em ter fugido com o turco bigodudo, o Fuad Abud. Melhor pra ela. Mas, porém, tivesse ela ficado, nada disto teria acontecido — filha duma égua! Onde andaria agora? E o menino? Já devia de ser quase homem. Fez bem em sumir daqui. Nunca mais iria vê-lo. Nunca! Vergonha de ser tão pobre, a-nal-fa-be-to. Vergonha de nunca ter dito não. Não! Suas posses... Posses? Desterrado no meio de tanta terra. Nada, nem aquela mísera casinha perdida no fim do mundo. Árvore sem terra, sem raiz; vergonha da malária não tratada, dos dentes perdidos, de tudo que aconteceu no retiro, de Luz, menina tão boa, de Virgínio, tão amigo... Vergonha. Fosse outro! Sido o quê? Tomou o caminho errado nas forquilhas da vida? Que forquilhas? Enlouquecia com tantas perguntas. Labirinto de vida. Onde a saída? Era ele mesmo o culpado da ruína de sua vida. Zeferina tinha razão: tonto! "Nem meus parentes sei onde estão, nem reconheceria. Pobre não tem parentes, só filhos pequenos e patrões." Lembrava apenas da mãe e do Hercílio, e da irmã menor, Tianinha, nariz escorrendo catarro grosso. Nem sabia se irmãos e irmãs estavam vivos, se lembravam dele.

Por fim o vento aquietou, cansado de tanta estripulia, a chuvada agora chovia macia e logo estancou. Uma lua lavada e sem graça espiou por entre nuvens. Temporal devia ter pego Virgínio no meio do caminho. Enrolou cigarro grosso em pele de tauari, fumo forte, foi ficando tonto e fumando mais até entrar numa espécie de transe, nunca experimentado; fosse um xamã nambikwara apelando aos deuses pra enfrentar situação cabulosa; viu e falou com espíritos procurando caminhos. Levantou trôpego, arqueado, vomitou e deixou-se cair como guimba apagada. Anoiteceu-se no escuro de seus labirintos. Noite sem margens, tresnoitou. Queria noite sem fim. Medo do dia raiar, ter que enfrentar a luz, e Luz. Dar de cara com... "Mato! Mato?" Sonhou com a vida na caatinga, sem força nas pernas mirradas, se arrastando na terra, as mãos sempre sujas e calejadas, apanhando dos irmãos, menos do Hercílio. Sonhou com morte, mortes, o pai esfaqueado vazando tripas, o machado na cabeça da Guaraná, os miolos esparramados na grama. Acordou com uma goteira pingando no pescoço. Um galo rouco pela friagem da tempestade ensaiou seu primeiro canto, desafinado. Tentou de novo, e outra vez, rouco ainda. Clareava. O amarelado do dia foi se derramando lá fora como lata de tinta tombada do céu. Da janela já se vislumbrava o vulto do araxá na distância, a mataria, mancha escura que ia se azul-verdejando. A manhã vacilava nos estertores da noite. Surgia tímida, acendendo suas luzes aos golinhos, já esquecida da tempestade passada, o rio ainda nervoso, terreiro um amontoado de folhas e galhos, poças d'água. Um talha-mar voando baixo, a ponta do bico desenhando geometrias no espelho d'água gritava aflito por sua Zeferina. Sentiu-se irmão. De tantos pássaros o que mais gostava, o talha-mar, o voo mais elegante, cadenciado, as asas mais compridas que o corpo. Não sei por que chamam assim. Mar que nunca viu, nem ia ver. Talha-rio. Ah, pudesse avoar! Nos tempos de vida sentada muitas vezes sonhava que tinha asas e pairava alto sobre a caatinga como um gavião--de-penacho. Sonho gostoso, vingativo. Voou menos que uma galinha sura. Tião cismava, esperando que o sol adquirisse força e evaporasse a água acumulada por toda parte e que também o livrasse dos malaméns da noite tenebrosa, Senhor, livrai-nos... Amém. Rezar soubesse! Até sabia, de ter ouvido, no Piauí, mas rezar por rezar? Palavras vazias. Se nunca rezara agora não era hora. Indeciso, olhava o rio. As águas amanheceram revoltadas e barrentas. Uma garça alba pousou com elegância no matacão aflorado e abriu suas asas úmidas ao sol, enfeitando a rocha desenxabida; pouco depois, como cansada de exibir tanta beleza, deu de asas e levitou para o vazio, deixando órfã a pedra triste. Indecisão. Precisava ocupar a cabeça, fingir que não sabia. Arreou o Tordilho devagar, ajustando pelego, barrigueira, sela e bridão, com capricho.

Montou, foi até a porteira, rédea justa, fosse dia normal, a conversa com Virgínio não existida. O quê? Ia fugir mais uma vez? Luz? Não! Agora era outro. Nem chegou a abrir a taramela. Apagou a brasa do cigarro com saliva, colocou atrás da orelha, tirou o chapéu, coçou a cabeça. Voltou. Dentro de si um oco de poço seco. Voltou a coçar a cabeça, e sem saber por quê, desencilhou, soltou o Tordilho que foi caminhando passo a passo em busca da sombra do cutieiro, murchou as orelhas e ficou ouvindo os passarinhos. O dia ia ser quente. Uma galinha pedrês cruzou o terreiro, ofegando com as asas meio caídas, bico aberto. Não. Hoje não ia sair atrás do gado. Chega de fugir! Tem hora pra tudo. Voltou pra casa. Decisão tomada, sentindo-se melhor. Ainda cedo prum trago, que tomou mesmo assim. Tinha que pensar, pôr as ideias em ordem; enrolou outro cigarro, grosso. Luz já havia rastelado o terreiro das folhas e galhos arrancados pela tempestade e pescava na popa da canoa, alheia aos acontecimentos da véspera. Tomou outro trago, mais um pouco. Pegou a foice e a enxada, foi pra roça, começou a capina, tiririca, caruru-de-porco, guanxuma, a enxada decepando os caules tenros ainda molhados, pensamento buscando saída do labirinto, deserto e oceano. A brisa do rio trouxe o perfume de lírio-do-brejo. Ou seria o perfume do coisa? Largou a enxada, pegou a foice. Dilatou as narinas e apurou o cheirador como anta farejando o ar em rápidos sorvos na busca de odores que não queria sentir; procurando o que não queria encontrar; mãos nas orelhas em anteparos, tentando ouvir o que não queria ouvir. Essa demoração! Fermentos levedando em seus miolos. Isto é vida? Anos arrastando a bunda no chão, alimentando as lombrigas com água de garapa, espancado pelo Tião-pai, espezinhado pelos irmãos, depois sêo Ciço, depois *el patrón*, rabo entre as pernas, lutando pra comer um pouco, um lugar pra ficar, galinha que não sai do terreiro esperando uns grãos de milho, pagando com os ovos, a carne. Zeferina tava certa, a bruaca. "Sou mesmo um tonto. Mas isto vai acabar. Tá chegando a hora da galinha carcarar, afiar o bico!" Louquecia com essa demoração. Virgínio podia ter-se enganado na data. Juvêncio tava de brincadeira, gostava de provocar. Talvez que não vinha, a tempestade da noite passada... ia acontecer nada. Ou ia? Daria tempo de fugir? Pra onde? Olhou pra cima, céu azulava; olhou pra baixo, sol varava por entre os desvãos das taquaras da cerca e listrava o chão da horta de faixas amarelas. Se é que saiu cedo devia de estar chegando. "Das vez que não vem. Mas é bom que venha mesmo. Resolvo." Deu uma cusparada e jogou o cigarro babado no chão, amassou com o pé. "Se não vier até a hora do almoço fujo com Luz, largo tudo, Guaporé sossegando, Bolívia, seja... o que for." Orelhas em pé como lebre desconfiada. O quebrar de um graveto? Ouvia? Talvez não, barulho de teiú correndo de rabo em pé devia de ser. Controlou a respiração. Não. "Acho que não vem, vou contar pra Luz, preparamos matula e partimos na canoa..."

Foi quando o Tordilho relinchou embaixo do cutieiro, dando o alarme. Via o invisível. Como um vento que se sente, mas não se vê. Não via, mas sentia. O coisa tava chegando, só podia. Quem mais, hora dessas? Calafrio percorreu sua espinha, suor frio descendo sovacos abaixo. Sim. Ouvia. Era certo: trote cadenciado de burro ferrado, patacando sob bunda gorda se aproximava. Virgínio tinha razão, é hoje. É agora. Antevisionou o filho do capataz em seu burro picaço, chegando, esporas de prata tilintando a cada passada, bridão enfeitado. Devia de ter fugido, avisado Luz, agora, se mordia e remordia, em remordimento, tonto... Qué isso? Nada, barulho de uma pomba trocás levantando voo. Espreitou por entre as taquaras da cerca, passou a lima no fio da foice. Vislumbrou na trilha, um pouco antes da clareira, um vulto passar por dentre a ramagem, só podia ser ele. Uma onda gelada abraçou seu coração. Devia vir com seu chapelão, o pelego de carneiro branco, faceiro, com seu bigodinho aparado, palito na boca, seus dentes de ouro, a barriga quase estourando sob a guaiaca com treisoitão, bota de fole, perfumado, imaginava o cheiro... A hora era de homem. Ouviu a voz conhecida gritar:

— Leidiluuzz.

Tião viu ela largar a vara na canoa e subir o barranco até sair da sua vista. Inocente de tudo, ela. Corria para o mundéu. Ficou na espreita, coração em disparada, secura na boca, gasganete subindo e descendo sem conseguir engolir o cuspe grosso, indeciso como frango ao avistar a cozinheira, cutelo numa mão e prato na outra, sangue pra cabidela. Pronde correr? Devia ter contado a razão da visita de Virgínio. Não contou. Devia de ter fugido ontem. Não fugiu. Podia ter escondido ela no mato, colocado na canoa, Bolívia... mas não contou, não escondeu, não fugiu, não sabia por quê, deixou passar, acontecer, providência nenhuma. Tonto! Esgueirou-se atrás da cerca de taquara, caçador no jirau esperando a paca, gato na espreita da rolinha distraída comendo sementinha de capim-mimoso, rabo em ereção serpenteando, coração querendo escapulir pela boca. Imaginou o que não via, aquele bigodinho de bode lascivo em busca de nova cabrita, aquela linguinha de cobra, babando saliva melada de antecipação, Luz, assustada, sua Luz... Querendo ir, mantinha tocaia, ouvidolhos querendo ouvirver em perscrutação, adivinhar, narinas dilatadas peneirando cheiros. Que acontecia? Na indecisão de decidir. Ia! Não ia! Ia? O chão faltava. Lima na foice, testou o fio com o polegar, o sangue escorreu, chupou o dedo, gosto de ferrugem quando... Nãããoo! Arrepiou com o uivo de cachorro louco na neblina de agosto que escapou de sua goela, o medo correndo por baixo da pele, subindo a espinha, eriçando os pelos da nuca, e, sem se dar conta, num átimo de corisco, desabalou pro rancho: pelego no chão, pernas arreganhadas, vestido rasgado, Luz olhos esgazeados de quem via o tinhoso, tremendo mais que arraia na fisga, o íncubo ajoelhado, calça arriada, virou a cabeça. Tião chegando, babando, Juvêncio urrou:

— Prenha! Cabra safado, seu animal...

Sebastião Nonato levantou a foice escutando o sangue cascatear nas curvas das veias, o coração em saltos de maracatu, o braço erguido gaguejou num vacilo como em dúvida entre matar e morrer, não soubesse o pior... dois balaços de baixo pra cima. Tião rodopiou como pião bambeando nos últimos giros, olhos arregalados caiu de borco sobre a foice, a jiboia presa em sua magra barriga se desenrodilhou em alças de bafio ascoso e se empanou na areia. Foi então que Tião sentiu a vida saindo de seu corpo como uma enxurrada de represa arrombada. Viu a alma desencarnar e levantar voo, talvez pro Piauí, um gavião-de-penacho a sobrevoar a caatinga, encontrar sua mãe sob o pé do umbuzeiro. Deu-se conta de que já era um defunto, aquele que havia sido, um tião. Só na morte é que se escapou. Luz, seminua, correu pra casa, tramelou a porta, pegou a faca de limpar peixe. Juvêncio, ofegante, limpou o sangue espirrado no rosto, abotoou a calça, e depois de cansar de dar chutes no corpo desventrado e gritar palavrões arrastou pelos pés, jogou no rio. Acocorou, acendeu um cigarro e ficou observando a água encarnada ferver em frenesi. Refeito, desamarrou a canoa, empurrou para a correnteza. As piranhas e a cachoeira cuidariam de acabar o serviço. Lavou-se e subiu até a casa. Pé na porta, tomou a faca da mão que tremia, arrastou, colocou na sela à sua frente.

25

No caminho já perto da sede, Juvêncio cruzou com o pai, Javier e Florindo saindo pra tocar fogo no mato.

— Onde andou? Fazendo o quê co'essa menina?

— Pescar no retiro. Parece que Tião se finou na Quatro Quedas. Não sei se por descuido ou propósito. Vi a canoa arrebentada nas pedras da cachoeira, menina chorando na beira do rio, muda. Não quer falar.

— Suicídio?

— Sei não. Vai ver tava bêbado.

— E a menina?

— Levo pra vila, acho que tem algum conhecido por lá. Parece que tá prenha.

— De quem?

— Sei não, algum peão, soldado boliviano, ou dele mesmo, bicho do mato, vai saber. Ela não abre a boca. Ficou muda.

— É o segundo peão que perco no Retiro do Verde. Vai ser difícil achar outro... Vamos tocar fogo no último capão de mato antes que comece a temporada de chuva. Dono quer aumentar a produção.

FIM

PARTE IV

1

— Mas... E depois, sêo Virgínio?

— Depois que Tião se finou, um dia peguei carona e fui até a vila saber da menina, sentia obrigação. Não foi minha afilhada que a peste da Zeferina não quis padrinho da minha cor. Essas manchas... me tratava como lazarento, amaldiçoado por Deus. Assuntei. "Vá na Raimunda, ela sabe", Jucá-da-sovela me falou. Sabia o endereço, tempos de antes de dona Rita, inquiri pela filha do meu amigo mas ali ela já não existia. Falei com uma tal de Maria Gasolina, morena bem escura, cabelos alvoroçados, bunda grande mas ainda não tava na vida naquela época, me mandou falar com Dasdores, mais conhecida como "Vinte-mangos", que fora colega de Leidiluz. Disse que quando Leidiluz chegou na Raimunda, levada por Juvêncio, já com a barriga arredondando, virou atração. Tem homem que é curioso de mulher prenha, acho. Logo passou a disputar a preferência dos clientes com uma anã que veio de Roraima. A anã, Amelinha, de alcunha Quatro-queijos, não enjeitava calibre nem posição, me disse. Leidiluz, me contou Dasdores, passava o dia dormitando numa rede sob o cajueiro em cochichos com sua barriga.

Nas tardes de modorra fumava como um pajé, se entorpecia e via coisas: Tião chegando na égua Guaraná. Vez em quando aparecia uma borboleta azul-metálica rodeando a rede com seu voo bêbado: a alma do Tião que vinha visitá-la, dizia. À noite, fosse quem fosse, abria as pernas e fechava os olhos, era Tião. Parece que um dia pegou carona com um boliviano que trabalhou uns tempos na vila. Ninguém mais teve notícias dela. Saber não sei, foi o que me contaram.

Virgínio terminou o solilóquio quando a pinga acabou, ofegante e excitado, palavras enchurradando de sua boca num aranzel desconexo, revivendo estórias que não tinha a quem contar. Ainda disse que suspeitava que Zeferina já estava prenhe do motorista de caminhão quando chegaram ao Mato Grosso: mãe é, pai pode ser. Mas nunca comentou o assunto com ninguém, imagine uma coisa dessas! Se se arreparasse bem a menina não tinha parecença com o irmão, mais clara, cabelos lisos... mas Tião nunca se deu conta, achava. Ou será que se deu? E então, por isso mesmo...

Tinoco ainda tentou esclarecer alguns detalhes da história de Tião: umas coisas que não entendia direito... Virgínio olhou pra cima, assuntando o vento que zimbrava os galhos mais altos da castanheira, a folhagem se esfregando em carícias e cicios, coçou a cabeça:

— Eu também não entendo, seu Tonho, ando meio esquecido, nem sei se o que contei... humm tanto tempo!

Antônio Sucupyra, sentado na soleira da casa de Virgínio, cofiava a barba emaranhada e pensava na vida de Tião, igual a tantas outras, tanta miséria, sofrimento, sem parentes, só trabalho, sem forças pra mudar de rumo. Tentava entender o dilema de Tião, as forças conflitantes, o embate entre os hormônios e uma ética intuída.

Daí a refletir sobre si mesmo. Submetido às mesmas circunstâncias... Considerou a sorte que havia tido, desde a concepção, aquele pai, aquela mãe... e se tivesse nascido na caatinga, pai alcoólatra, passado fome, sede? Hoje, o quê? Teve carinho e alimentação, frequentou escolas; roleta, ninguém escolhe quando, onde, nem de quem se nasce. Tinha parentes, uma penca de amigos... Tinha? Então, por que essa misantropia? Essa inquietude de nômade, desejo de se entranhar no mato, curtindo sua sozinhez? Por que ficar horas no espaço restrito duma canoa, sol, chuva, insetos, privações, correr riscos? Pra quê, por quê? Fugir da burocracia da vida cidadã, hipocrisias da sociedade, fugir de quem? Voltar às origens, o mito da vida selvagem? Mostrar a si mesmo que era capaz? Essa ânsia de querer distância, ir pra muito longe na ilusão de que longe teria paz. E se longe fosse no quintal de sua casa? Não adiantava ir longe se levava a angústia na aurícula esquerda. Buscava a paz na solidão? Queria sair de si? Lembrou do poeta: "Comigo me desavim [...] / não posso viver comigo / nem posso fugir de mim." Seria?

Seu devaneio foi interrompido por uma franga-d'água que cruzou o terreiro com suas vestes de gala. Chacoalhava o rabicó como mulher que tem bunda bonita, olhava pra todos os lados, um pouco apressada como toda franga-d'água; de entremeio uma minhoca aqui, outra ali, de bem com a vida de galináceo.

— Deixa pra lá, hora de partir — falou-se Tinoco. Despediu-se de Virgínio com um abraço delicado naqueles ossos magros, notando o progresso do vitiligo e a neblina da catarata embaçando aqueles olhos cansados.

Canoava para se conhecer, mas já estava se cansando. Tudo tem hora. Entrou na canoa com ganas de encerrar a viagem. Calculava uns dois dias pra chegar a um ponto onde esperava encontrar condução, voltar pra casa, dar um descanso pro anjo da guarda. Fazer o quê? A vida é assim, um breve espaço entre a fusão de gametas e daqui a pouco. Pensava-se velho, acabar os dias numa casinha, um riozinho no fundo do quintal, esqueceria os Araguaias, os Cuiabás, os das Mortes. O silêncio branco de uma garça planou sobre o mate verde do rio. Esse perfume que incensa o ar... de onde vem? Bastar-se-ia na imaginação? Um sofrê gemeu a ausência da fêmea. Um cheiro de chuva já se sentia.

Este livro foi composto na tipografia Minion Pro,
em corpo 11/16, e impresso em
papel off-white no Sistema Cameron da
Divisão Gráfica da Distribuidora Record.